PAID

WITHDRAWN
May be sold for the benefit of
The Branch Libraries of The New York Public Library
or donated to other public service organizations.

Edad
(Poesía 1947-1986)

Letras Hispánicas

Antonio Gamoneda

Edad

(Poesía 1947-1986)

Edición de Miguel Casado

SEXTA EDICIÓN REVISADA

CATEDRA
LETRAS HISPANICAS

1.ª edición, 1987
6.ª edición revisada, 2006

Ilustración de cubierta:
Barrera (fragmento). Cortesía de Juan Barjola

Reservados todos los derechos. El contenido de esta obra está protegido por la Ley, que establece penas de prisión y/o multas, además de las correspondientes indemnizaciones por daños y perjuicios, para quienes reprodujeren, plagiaren, distribuyeren o comunicaren públicamente, en todo o en parte, una obra literaria, artística o científica, o su transformación, interpretación o ejecución artística fijada en cualquier tipo de soporte o comunicada a través de cualquier medio, sin la preceptiva autorización.

© Antonio Gamoneda
© Ediciones Cátedra (Grupo Anaya, S. A.), 1987, 2006
Juan Ignacio Luca de Tena, 15. 28027 Madrid
Depósito legal: M.28.845-2006
ISBN: 84-376-0692-6
Pirnted in Spain
Impreso en Huertas I. G., S. A.
Fuenlabrada (Madrid)

Introducción

I

El presente volumen de Antonio Gamoneda, *Edad,* no puede ser considerado como una mera recopilación de sus libros de poemas escritos hasta ahora, tanto los publicados como algunos inéditos, sino que ha de serlo como un libro unitario, como un solo recorrido poético, en el que se cruzan de manera singular cuarenta años de lenta escritura con un periodo reciente de reajuste, de reconstrucción, en que el poeta vuelve sobre sus textos. Así, Gamoneda, como explica en su nota previa, ha trasvasado poemas de unos capítulos a otros y ha llevado a cabo un proceso de reescritura muy intenso. De todo ello —trasvases y variantes— se dará cuenta en el apéndice de este libro[1].

Tal reescritura conlleva una experiencia apasionante de diálogo entre las diversas etapas de un mismo poeta: tonos diferentes, ritmos, concepciones del mundo que no han podido ser estables entre los dieciséis y los cincuenta y seis años de una vida; y, simultáneamente, esa comunidad misteriosa que subyace y nos permite leerlo todo como un solo texto. Antonio Gamoneda, extrayendo poemas nuevos de sus poemas de adolescencia, recordaría aquella narración de Borges en que el escritor, ya anciano y ciego, conversa con el Borges joven y entusiasta de Ginebra, y ambos se reconocen y se desencuentran sin dejar de aceptarse[2].

---

[1] Se prefiere el apéndice a las notas a pie de página, que quizá resultaran más cómodas, para respetar el carácter de *Edad* como libro de poemas, a cuyos textos el lector debe poder acercarse sin mediación alguna.

[2] Jorge Luis Borges, «El otro», en *El libro de arena,* Madrid, Alianza, 1977.

El lector, por tanto, no encontrará simplemente en *Edad* la reunión de los libros escritos por Antonio Gamoneda, sino además la lectura que su autor hace actualmente de ellos. Es cierto que las variantes[3] no son muy numerosas y que la mayoría atañen a cuestiones de detalle (puntuación, exclamaciones, conjunciones o preposiciones, pequeños retoques léxicos); pero las hay lo bastante significativas como para poder hablar de una nueva lectura.

Es ejemplar, en este sentido, lo que ocurre en *Sublevación inmóvil*. Algunos cambios tratan de conseguir una esencialización (la supresión de artículos en los títulos, como también la supresión de topónimos en *Pasión de la mirada* o *Lápidas)* o un aumento de la coherencia sintáctica, del lado de la síntesis y la condensación; sin embargo, ciertas variantes afectan de forma nítida a la visión del mundo. Se reduce el enfoque humanista, eliminando alusiones al hombre en general, y se limitan la euforia juvenil (se mirará «desde lo oscuro», no «desde lo libre») y la adjetivación dulcificadora («llanto, mundo callado», en vez de «dulce mundo callado»). Y sobre todo se sitúan otras perspectivas en el horizonte del futuro: con el sufrimiento ya no podrá construirse el porvenir, sino sólo «hacer banderas», tomar posturas ideológicas, acaso tan válidas unas como otras. La evolución de las preocupaciones de Gamoneda se anunciará ya en este cambio; «atados con amor» al mundo, ahora no «preparamos la fuerza», sino que «esperamos la muerte».

Del mismo modo que disminuye aquí el afán voluntarista, las escasas modificaciones introducidas en *Blues castellano* aportan escepticismo. Ya no se irá a las tabernas nocturnas «a cambiar el silencio», se irá a olvidarlo. Y la afirmación «Había una verdad, no se me olvida, / había una verdad» pierde su vigor en un subjuntivo «no se me olvide», que parece agarrarse con incredulidad a la memoria de algo que se ha vuelto inverosímil. Leves matices que harán cristalizar de modo perfecto la atmósfera de este libro, como después podrá verse.

Los libros más recientes, como es lógico, no están afectados

---

[3] La consideración de las variantes está forzosamente limitada a los libros publicados; no afecta, pues, al apartado *La tierra y los labios* y a buena parte de los Exentos I y II.

por este diálogo a través del tiempo personal del poeta. Sólo en el caso de una parte de *Lápidas* será posible tener en cuenta el tránsito desde un molde inclinado a lo narrativo hacia lo propiamente poético[4].

II

Recientemente, con motivo sobre todo de la reedición de *Descripción de la mentira* y la salida de *Lápidas,* diversas reseñas de prensa han coincidido en reivindicar la pertenencia de Antonio Gamoneda a la llamada «Generación de los 50». Cronológicamente, tal atribución es indiscutible: Gamoneda nace en 1931 y su primer libro publicado, *Sublevación inmóvil,* aparece entre los finalistas del Premio Adonais de 1959, concedido a Brines por *Las brasas*. Sin embargo, es obvio que en toda promoción cronológica domina una gran diversidad estética y que cuando la crítica acuña unos rasgos generacionales, se ve forzada a elegir las características de algún grupo de poetas afines entre sí, que se han destacado de los otros por un conjunto de factores, con frecuencia extraliterarios. La llamada «Generación de los 50» ha cuajado en torno al «grupo de Barcelona», compuesto por poetas excelentes y que han influido mucho en quienes los han sucedido, y el concepto crítico habitual[5] se nutre de sus rasgos y los de algunos poetas adheridos. Desde este punto de vista, ya es más difícil la consideración generacional de Gamoneda, poeta aislado, restringido muchos años a su ámbito provincial, ajeno a grupos y escuelas[6].

---

[4] De *Lapidario incompleto* (incluido en *León: traza y memoria,* Madrid, Antonio Machón ed., 1984) a la parte III de *Lápidas*. Estas variantes no se incluyen en el apéndice porque su complicación obligaría casi a reproducir ambos textos completos y ambos son muy extensos.

[5] Se sigue en este punto la Antología de García Hortelano (Juan García Hortelano, *El grupo poético de los años 50,* Madrid, Taurus, 1978), quizá la primera en precisarlo con claridad.

[6] Antonio Gamoneda tuvo relación en su juventud con *Espadaña* durante la última época de esta revista. Mucho después la tuvo con los poetas de *Claraboya,* más jóvenes que él. En ambos casos, se trató de relaciones desde fuera y con escritores de diferente generación que la suya.

La comunidad cronológica sí implica forzosamente algunas coincidencias: la infancia durante la guerra y la vuelta continua de ese espacio a través del recuerdo, la evocación del ámbito familiar en aquella época y en la posguerra. Y otras menos forzosas quizá, como la importancia de la reflexión sobre el tiempo, la sensibilidad existencial, la experiencia como vivero poético, cierto escepticismo. Gamoneda fue también de los primeros en sumarse a la crítica de la poesía social, en un artículo publicado en 1963[7]: «La política no puede condicionar a la poesía hasta el punto de intervenir en su naturaleza sustituyéndola»; «es preciso que la poesía siga siendo irreductiblemente subjetiva»; «la poesía es poesía al poseer una peculiar fuerza de representación de la realidad interiorizada».

Pero las diferencias con los poetas del 50 son notables, aparte de lo ya citado. El autodidactismo de burgueses inconformistas, señalado por García Hortelano, se convierte aquí en un origen social y condicionamientos vitales muy distintos, patentes en *Blues castellano* y *Lápidas;* poemas escritos desde el mundo del trabajo, desde la solidaridad proletaria, y no desde el «resentimiento / contra la clase en que nací»[8].

Gamoneda no es un poeta irónico, sino profundamente serio, melancólico y apasionado. Sus versos están hechos de compulsión afectiva, de apelación vehemente, y lo patético está presente en ellos, eslabones aún de una cadena que procede de la visión romántica. El lenguaje y la perspectiva de Gamoneda, no son en este sentido en nada similares a los de su generación, como tampoco lo es su investigación rítmica desde *Blues castellano*. Poeta con fuerte peso irracionalista, haciendo suyo un léxico arcaizante y rural, ha bebido de fuentes muy distintas que sus coetáneos.

Antonio Gamoneda empieza escribiendo en la línea de la lírica popular, para luego inclinarse a un tono que recuerda el vigor y la exaltación de algunos poetas de Espadaña y a la voz de Blas de Otero; el proceso de creación de su palabra perso-

---

[7] Antonio Gamoneda, «Poesía y conciencia. Notas de una revisión», en *Ínsula,* núm. 204, noviembre de 1963.

[8] Jaime Gil de Biedma, «Barcelona ja no és bona, o mi paseo solitario en primavera», en *Las personas del verbo,* Barcelona, Barral, 1975.

nal le llevará a coincidir al principio también con algunos tonos del Claudio Rodríguez más joven. Desde *Blues castellano* al menos la poesía de Gamoneda es inconfundible y absolutamente peculiar: primero esa fusión de lo brechtiano, lo naïf y el blues; más tarde quizá la obra de poetas tan poco tenidos en cuenta por los demás como Saint-John Perse y Trakl, Rimbaud en el fondo. Gamoneda ha acarreado materiales muy complejos en un cuerpo que no tiene parecido en la tradición española y, sin embargo, siempre ha preservado la continuidad de su hilo.

Los poetas del 50 se han formado en la matriz de los poetas del 27; no en el sentido de un epigonismo, sino en el de ámbito protector, cápsula en la que se forma la escritura personal. Cernuda y Gil de Biedma, Guillén y Claudio Rodríguez. ¿Y Gamoneda? La segunda parte —poesía patriótica— de *Lápidas* contiene indicios de algo que hasta entonces sólo podía estar intuido. Leída en esa clave, sus símbolos parecen remitir, en sorda resonancia, a la época en que la poesía en castellano bebió del surrealismo de aquella forma tan especial: Alberti, Neruda, Vallejo; pero, sobre todo, Lorca se hace explícito, incluso a través de un intento de asimilar la imaginería de Gamoneda a la cifra lorquiana, de utilizarlas de modo sinónimo. Seguramente, sería excesivo hablar de Lorca como poeta-matriz en el sentido citado arriba; pero sí como una especie de formante o de espejo en el cual el lenguaje de Gamoneda cobra otra medida: esa cifra simbólica e irracionalista; la conversión de ciertos adjetivos en emblemas personales (amarillo, azul), llenos de sugerencias y rigurosos; la forma de brotar el sentido al margen de la jerarquía gramatical...

En cualquier caso, es evidente que el mundo de Gamoneda ha de encontrarse en sus poemas. Al margen de cuestiones contextuales y, por tanto, accesorias, todo lo que puede ser dicho deriva de su lectura, que a partir de aquí se aborda.

III

¿Qué se propone, por tanto, esta lectura? No es una interpretación que supondría tomar el texto como mensaje, buscar en él una información precisa, en definitiva, descodificarlo y, así, reducir su volumen, su verdadero ser literario. Como dice J. G. Requena,

> la descodificación se salda con la determinación de *lo dicho* por el discurso, de su significado. [...] Pero lo que ocupa a la lectura no es *lo dicho*, sino el *trabajo del decir*. No el significado, sino el movimiento que lo genera; no el sentido acabado, solidificado, sino su fluir en el texto, el movimiento de su gestación, de su apertura y de su deriva[9].

Y propone esta definición: «Leer: transitar el texto en múltiples direcciones.»

Como es evidente, esta idea se remite a Barthes y su afirmación de que al texto «se accede por múltiples entradas sin que ninguna de ellas pueda ser declarada con toda seguridad la principal»[10]. El lector elige cualquiera de esos múltiples itinerarios posibles y construye en el recorrido un discurso paralelo, un doble del texto; éste no será más que una opción entre otras muchas, pues, aunque en esa labor se respeten todos los datos hallados, la ambigüedad es el constituyente esencial de lo literario.

La lectura, así, no arroja un sentido, sino un plural del texto. Cada lector fabrica el suyo de la misma manera, y el terreno en que se mueve es ineludiblemente subjetivo.

Al hablar de múltiples itinerarios posibles, está latente la idea de elección en la que Todorov fundamenta también su concepto de lectura:

---

[9] Jesús González Requena, «Film, discurso, texto. Hacia una teoría del texto artístico», en *Revista de Ciencias de la Información*, núm. 2, Madrid, Universidad Complutense, 1985.

[10] Roland Barthes, *S/Z*, Madrid, Siglo XXI, 1980.

> La primera operación de la lectura es trastornar el orden aparente en el que se constituye el texto: acercar las partes alejadas, descubrir repeticiones, oposiciones, gradaciones. Trastornar no quiere decir ignorar: el orden de encadenamiento no es indiferente, no es pura «forma» (nada lo es, en el texto), pero tiene significación tanto por lo que muestra como por lo que oculta [...]. La lectura consiste precisamente en elegir ciertos puntos privilegiados: los nudos del tejido[11].

Como se ve, está implícita aquí la posibilidad de la traición, el hecho de que la lectura sea potencialmente traidora al texto, que deba reconocer como base su imposibilidad y su valor relativo. Trastorna el orden, acerca y aleja, suple. Construir este recorrido no es muy distinto de fabular y, en ese espacio, se aproximan la lectura y la ficción. El lector convierte lo que para él son los nudos del tejido en los hilos de un argumento inventado, escribe un relato. Y esto no ocurre sólo con lo relativo al sentido, sino con todos los elementos que integran el texto: las formas del lenguaje no siempre se suceden en los libros de una manera ordenada, sino alternándose o fusionándose para integrarlos; sólo forzándolos con algún criterio externo es posible reducirlos a algún tipo de periodización o esquema; el lector, así, vendría a traducir también el estilo como relato, convirtiendo en hilo continuado lo que en el texto es anudamiento.

IV

IV.1. *La tierra y los labios*

Los poemas que componen el primer bloque, *La tierra y los labios,* están ordenados según la fecha de su escritura entre 1947 y 1953, y es curioso cómo esa forma de ordenarlos revela una clara evolución que se aprecia en todos los niveles.

El encuentro de Gamoneda con la poesía está constituido por un tono extremadamente directo y un simbolismo emblemático, que se articula en ritmos próximos a los de la

---

[11] Tzvetan Todorov, *Literatura y significación,* Barcelona, Planeta, 1974.

canción tradicional popular: versos cortos, asonancias, textos estructurados por la repetición, paralelismos que van desenvolviendo lentamente el tránsito del tiempo, anáforas... Más tarde aparecen los versos más largos de la tradición culta, alejandrinos y endecasílabos blancos o con mínimas consonancias en distribución irregular; luego van complicándose con ecos rítmicos del modernismo, con rupturas, con la agitación de los encabalgamientos o la variación de los metros. Por fin, este periodo desemboca en el soneto y allí se practica un ejercicio de inserción en un modelo más exigente, pero también como si, abandonada la eclosión personal del principio, Gamoneda estuviera haciendo el esfuerzo de situarse en el corte sincrónico de aquella poesía.

Al principio, los textos perfilaban un espacio de conflicto amoroso, en que la relación de los personajes era también el enfrentamiento de valores existenciales distintos, y poco a poco van predominando la soledad y un fuerte pesimismo acuñado en la fórmula «juventud del dolor», atravesado todo el recorrido por la presencia de la muerte.

En efecto, desde el primer poema el espacio del amor está constituido por una contradicción. Por un lado, el amor es la sensación gozosa de la materia; por otro, se insinúa una sombra, quizá sólo al principio como tono de fondo, como adherencia semántica, luego más asentada cada vez. Esos polos de la relación, que se daban simultáneos, pasarán a definir a cada personaje de ella: el tú será el color, mientras el yo es la sombra; poema a poema, se repite el proceso en que acaba prevaleciendo el carácter negativo, destructor del yo: «yo te apagaré la tarde / con la nieve de mis labios»; el final es la noche, que no es aquí un tiempo ni una situación, sino el predominio de la sombra en el conflicto.

En el amor, la pena, la pobreza, el llanto, el abismo participan como rasgos esenciales; una y otra vez los sentidos se recrean en el goce, y la vida parece salvarse y, sin embargo, finalmente queda siempre reducida a estado de condena existencial. La asignación de los valores a los protagonistas podrá cambiar a veces y se encontrará al tú apresado en un mundo de sombras, de modo que haría falta una especie de prodigio para que el yo pudiese liberarlo, pese a su deseo de hacerlo, a la intensidad, la violencia de tal deseo. Pero, en cualquier caso, lo fundamental es la visión contradictoria, que no se produce en el ámbito de los conceptos, sino que se percibe en la realidad misma, con el dato añadido de que los factores más positivos son dados como hipotéticos, en tanto que los negativos aparecen firmes.

Algo está al margen de esa dialéctica y, al mismo tiempo, su presencia sobre ella es continua: es la muerte. La muerte ahí, como algo interpuesto, que dificulta aún más el flujo de la comunicación. El tránsito a otro espacio poético se hará de su mano; en un espacio abstracto y hermético que podría ser de ultratumba, deja de haber yo y tú, no puede localizarse la voz de la enunciación y surge un personaje ajeno, un él, o un colectivo, que van a otorgar validez universal a la pérdida en el conflicto.

De pérdida habla, sin duda, la última parte de *La tierra y los labios*. El amor es sustituido por la llamada amorosa desde la soledad, como si la contradicción se hubiera resuelto por fin en el fracaso. La «juventud del dolor» es la soledad y la impotencia, que despliegan una continua tensión de búsqueda frustrada, con una sensibilidad especial para apreciar el relieve amargo de la vida, invirtiendo incluso un símbolo tradicional como la primavera. Búsqueda múltiple, también de Dios, que no contesta, pues se sitúa en el silencio que es el modo de la no manifestación, el hacerse presente de la ausencia. Un vaciamiento progresivo conduce al frío absoluto, a la sensación de no poseer identidad.

Sólo una percepción tiene especial vigor a lo largo de ese proceso, y es de nuevo la de la muerte, que así enlaza las dos partes y se convierte en su rasgo común decisivo. A la muerte se la llega a captar sensorialmente («el sabor a muerto de su lengua») y va dándose como acción durativa, continua, e incluso en ella se encuentran fuerzas para dirigir el poema hacia aquel personaje, perdido objeto amoroso, al que incesantemente se convoca. A la muerte se la siente así al modo barroco: «crece la muerte con la vida»; exactamente igual que ocurrirá al final de *Edad*.

El cañamazo básico de tal proceso está compuesto por un simbolismo muy elemental, que va haciéndose irreductible a medida que discurren los poemas: «Juventud del dolor. Crece la savia / verde y amarga de la primavera. // Hacia el ocaso va. Un pájaro triste / canta entre las ramas negras.» Igual ocurre con la cualidad del lenguaje directo, en el que poco a poco van depositándose huellas marcadamente retóricas, golpes que, salpicados, buscan precisar, profundizar la sensación, impresionar. Hacia la mitad de *La tierra y los labios* comienza a hallarse un irracionalismo que remite a algunos poemas del 27 (Junio «como un perro / cálido de suaves ojos»), no llegando nunca, sin embargo, a constituirse en la principal entonación del texto, que se mantiene agarrado al hilo de la palabra directa. En algunas de estas imágenes estará ya la peculiar mezcla de términos abstractos y visualización que tanto caracterizará después a Gamoneda: «espada de amargura y de viento», «el hierro y la sed de la ternura».

IV. 2. *Sublevación inmóvil*

A simple vista, las preocupaciones de Gamoneda cambian en esta segunda etapa, aunque, si se profundiza, esto no será tan claro. *Sublevación inmóvil* dibuja un territorio abstracto en el que se persigue la definición de una estética, en la medida en que de modo obsesivo se pretende el logro de la belleza; pero resultaría engañoso concebir tal propósito simplemente como una reflexión metapoética o, más en general, algo que incumbe al arte. La estética aquí supera sus límites, no es una disciplina parcial, y llega a convertirse en declaración de principios vitales, razón de ser y cerrazón de la vida que en torno a ella se desarrolla y tiene sentido.

En tres partes diferentes se aborda la misma búsqueda: primero, en un nivel de alta generalización, en torno al símbolo de la sed; después, desde el ámbito amoroso; por último, mediante la mirada dirigida hacia objetos exteriores, preferentemente artísticos (música, escultura, pintura), pero también, podría decirse, antropológicos (el pueblo, la división social en clases).

En todos estos niveles, no sólo en el primero, lo decisivo es la abstracción, sin que apenas aparezca la anécdota; cuando a veces está presente, queda diluida entre los valores simbólicos generales. No se trata, en ningún modo, de poemas de la experiencia, ni siquiera los amorosos que incorporan un personaje «tú»; aunque es frecuente la apelación, ésta tiene solamente como papel el incremento de la tensión dramática.

En esa línea, los poemas, basados en el heptasílabo blanco, están movidos por una gran exaltación y agitación rítmica; son vehementes, enfáticos; se desarrollan en un estilo nominal vigoroso y se van articulando en frases de rotunda sentenciosidad que van progresando entre las exclamaciones. Sólo en algunos sonetos este ritmo se remansa, como encauzado por lo estricto del marco. Pero lo más habitual es que el texto tenga un carácter fragmentario, componiéndose de una serie de emociones yuxtapuestas, que operan en asociaciones afectivas al margen de la lógica, sin ninguna línea de razonamiento aparente.

Así, la búsqueda arranca de un personaje atormentado y pasional —«incandescencia y ruinas»— como Prometeo. Si en *La tierra y los labios* la contradicción venía dada por el enfrentamiento de valores portados por nombres distintos, ahora la contradicción se internaliza hasta la paradoja que, anticipada ya desde el título, caracteriza esta fase, cuyo espacio es el de la lucha interior. Hay aquí una concepción agonística de la vida que tiene como punto de arranque la incertidumbre acerca de dónde está situada la frontera entre la belleza y el dolor, términos cuya relación dialéctica se da por supuesta.

Por un lado, el dolor es consustancial, pues tiene un origen interno y procede del miedo a la muerte; como en *Descripción de la mentira*, todo es deducible de ella. Por otro lado, la belleza se da en el espacio purificado del silencio y lo natural, se introduce en el sujeto a través de la mirada, coincide con otros valores distantes como la libertad o la justicia.

El puente entre un extremo y otro, el esfuerzo por salvar aquella frontera, viene representado por la sed, es decir, el ansia. Sin embargo, ocurre que ésta, como todos los conceptos del libro, es compleja, escindida en atributos contradictorios; así puede ser tensión y actividad constructiva y, al mismo tiempo, también tortura interior, ansiedad que no circula, sino que socava. Y los efectos de la sed igualmente se oponen: en esta última vertiente conduce a la soledad y la impotencia, profundiza el dolor y, por el contrario, en otros poemas, produce la euforia, es capaz de acumular tanta energía que crea una sensación de inmortalidad, como un fin en sí misma.

Pero algo constante en el conflicto es que desemboca en la muerte, para afirmarla o para negarla. Con ella, dentro del abanico móvil de sus virtualidades, se identifica a veces la misma belleza; pero lo hace de una manera incierta, como marcando una ausencia en esa identidad, abriendo un hueco de conocimiento en el clima del texto: «dime, loco ruiseñor / del invierno, dime, tú, / que quizá participas / de una materia luminosa, / a quién anuncias ya / además de a la muerte».

El clima del poema será, en efecto, lo variable; mientras se manejan los mismos conceptos, las metas de la búsqueda unas veces parecerán al alcance y otras el ansia acentuará su naturaleza destructora. Tanto que podrá insinuarse por primera vez la idea de la retracción: «Olvida la nieve, vive / con los tuyos, desciende / a la ternura. Este / es tu país»: el refugio en la tranquilidad de lo común, donde nada de aquello perseguido se gana, pero donde tampoco se incita la ebullición del miedo.

En la segunda parte de *Sublevación inmóvil* aparece el amor como un operador nuevo dentro del mismo conflicto. Con el tú que el amor comporta, parecería que el espacio se traslada al exterior, a la relación entre personajes; pero esta impresión es falsa. A través del objeto amado se llega a obtener un conocimiento, cuyo contenido es «hallar súbitamente / origen de dolor a la belleza». La sed y la conciencia del dolor confluyen en el amor y en él se hacen más agudas, el tú se convierte en un paradigma, en una representación del carácter y el objeto de la ansiedad.

La mujer amada, como en el petrarquismo, es la síntesis de frío y fuego, igual que la belleza. El amor desempeña un papel en cierto modo paralelo a la sed de la primera parte. Lo concreto, las cosas materiales y las personas, están trascendidas por categoría universales, son piezas aparentes con las que se desarrolla un solo juego. La sensualización inicial de *La tierra y los labios* se ha balanceado aquí hacia el platonismo, lastrado sólo por ese desgarro que evocaría quizá una raíz unamuniana.

El itinerario cultural de la tercera parte sugiere la propuesta de un plano distinto de reflexión, donde sería posible dar salida a esta angustia. La angustia, procedente de la muerte, es el origen del impulso estético, que, por ello, tiene una vocación inmortalizadora. «Nada es igual a este / consistir en belleza, / nada como este puro / depositar el tiempo»: lo que en el hombre, en la lucha interior de cada uno, es sólo ansia y relámpago, en el objeto cristalizado por el arte se realiza como esencia y duración, ser al margen del tiempo.

En el objeto artístico la armonía es una ley constructiva que consigue, eso sí, del lado del frío, ordenar el mundo en la línea perseguida: «Cantidades de tiempo / situando cantidades / de sonido, permiten / sobrepasar la muerte». El misterio, la maravilla, la ternura, todo está ahí objetivado, esperando a ser asumido, capaz de «volver al hombre de donde ha salido», una especie de espacio prenatal, ucrónico, vida del cosmos lejos del dolor. Así se reformula el objeto de la sed, rompiendo la infernal frontera interior por una proyección hacia fuera. Justicia y belleza coincidían; ansia estética y lucha social están prestas a confundirse.

IV.3. *Exentos*

El tercer bloque de *Edad*, «Exentos I», es el más breve y, según anuncia Gamoneda en su nota previa, tiene un carácter de transición: siendo poemas contemporáneos de *Sublevación inmóvil* e incluso habiendo formado parte de ese libro algunos de ellos, contienen «un sesgo en el sentido que va a manifestarse en el *Blues*». Cuál sea ese sesgo, puesto que aún no se ha emprendido la lectura de *Blues castellano,* puede quizá determinarse también tratando de averiguar por qué se sacan de *Sublevación inmóvil* los tres poemas que le habían pertenecido.

El primero de ellos —«Oír el corazón...»— con su brevedad sirve como encabezamiento para una nueva época: «pensar / en el mundo y en ti / en sólo un pensamiento». Declaración programática en la línea que se anticipaba al final del apartado anterior. Los otros dos poemas —«Verdad» y «Ferrocarril de Matallana»— son textos largos de carácter narrativo, con presencia de la anécdota, donde hay paisaje y personajes, y el lenguaje es directo, de tono sencillo y sin énfasis, con sensorialidad viva y fresca basada en una imagen visual muy inmediata y expresiva. Como se ve, el giro de esta etapa alcanza también a la concepción del poema y al trabajo del lenguaje.

Las cosas caen tan de su peso en esta nueva mirada que parece «advertir el destino / donde estaba el deseo»: el cauce de una maduración y de un carácter es el que guía la vida, allí donde habían fracasado las crispaciones del ansia. Esto es muy ambiguo porque no supone la desaparición del deseo, pero da cuenta de la calma generada por el reencuentro del amor, que distingue esta parte. Sólo un texto —«Tristes metales»— contiene un retroceso súbito de estado de ánimo; de pronto brota la desesperación, física, material, un repentino sentimiento de vacío. Se reclama ayuda desde lo inerme, mientras se rebela la evidencia del cuerpo frente a la ideología y el deseo. Es uno de los poemas más existencialistas de Gamoneda y sirve para comprender por qué en los demás, desde otro espíritu, se recuerda siempre que el marco en que el amor surge es el miedo.

Con esos límites, el amor es una forma de conocimiento de la vida y proporciona la serenidad para comunicarse con el mundo. Todo aquí es elemental y directo; la emoción ha sustituido a la exaltación, la materialidad al platonismo: «Todo era verdad bajo los árboles, / todo era verdad. Yo comprendía / todas las cosas como se comprende / un fruto con la boca, una luz con los ojos».

La verdad (y es importante tenerlo en cuenta para cuando se describa la mentira) procede de la comprensión de que la soledad era inútil y ha terminado; en el amor se aprende un destino de solidaridad que se vive con sentimiento carnal y agudo, como una revelación iluminadora: «Fui ciego / como piedra de cripta hasta que un día / vi en el mundo las manos verdaderas»: *en el mundo* y *las manos*. La gente y el paisaje son la verdad y la belleza; ahora sólo falta la justicia, constatarlo supone una reclamación. Es un nuevo terreno: más relativizado, pues ya no se presentan todas las ideas supremas constituyendo un solo bloque; pero también más radical, por lo que conlleva de toma de partido.

El espacio de los poemas admite la descripción de la realidad, dada por los ojos que se complacen en ella. El paisaje y las gentes son nombrados, hechos presencia, y además se tiñen de leve valor simbólico: el color de la tierra, la lentitud del río, la expresión de los que viajan en el tren. Las imágenes no crean ellas un ámbito abstraído, sino que cuentan, desentrañan un ámbito previo, cuyos límites son establecidos por el lenguaje directo. En la elipsis, en los blancos de la página, se siente pasar el tiempo, mientras cualquier valor general es visualizado, vuelto también paisaje.

IV.4. *Blues castellano*

IV.4.1. *Blues castellano* es un libro fundamental en la trayectoria de Antonio Gamoneda, pese a haber sido eclipsado en su valoración por *Descripción de la mentira*, quizá en buena parte a causa del retraso de quince años en su salida al público. Generalmente tenido por la aportación de Gamoneda a la poesía social, es muestra en cambio del desacuerdo con aquellos planteamientos: poesía de la experiencia con una tonalidad crítica a menudo poco marcada; fusión de ironía, melancolía, ternura e ingenuidad naïf, en este libro encuentra Gamoneda la cristalización de un lenguaje personal, ya apuntado en los bloques anteriores, y emprende una arriesgada búsqueda rítmica.

La cita inicial de Simone Weil —«La desgracia de los otros entró en mi carne»— parece dibujar nítidamente un escenario colectivo, desgracia y compasión, un espacio presidido por la idea de solidaridad, ya decisiva en los «exentos» anteriores. Pero no es del todo así, por eso puede decirse que *Blues castellano* no se adscribe claramente a la poesía social: se trataría de la reflexión personal de un militante, del oscilar continuo entre la esfera privada y el compromiso, el análisis de la difícil relación de ambos, y todo ello enunciado desde el sentimiento y no desde la ideología, queja y no denuncia.

La primera parte del libro remite —«Después de veinte años»— al conflicto que animó *La tierra y los labios,* ahora ya no entre personajes enfrentados, sino entre valoraciones de la vida, entre tomas de postura. Los hechos —siempre contradictorios— oponen en esta etapa la dureza de la vida a la intensidad de la juventud y al refugio de ternura que se concentra en la madre; se mantiene la capacidad de encontrar en todo la belleza, de sentir solidaridad prácticamente con la humanidad entera, sin embargo podría decirse que, en el balance del tiempo, la dureza ha triunfado, casi se ha quedado sola; únicamente la comprensión de todo lo que ha ido perdiéndose obligaría aún a reivindicar la existencia, la propiedad de cada uno sobre su existencia.

De nuevo debe aceptarse el sufrimiento como raíz de la vida, como condición adherida al deseo, de modo que en aquello que libera brota con más fuerza el dolor: en la lucha solidaria, en el aliento vital de la noche paralizado por una conciencia excesivamente activa. Es un círculo atormentado que el protagonista de *Blues castellano* quiere romper a veces retirándose, cesando, en la retracción: «Descanso / de ser hombre.» El olvido es la evocación de la infancia, actuar como si durara la infancia, en la ternura de la madre; el olvido no es tal, literalmente, sino una emergencia de la memoria sentimental y sensitiva que suplanta a la conciencia y busca la identidad personal en el acallamiento de ésta.

El remordimiento y el cansancio se suman en capas sucesivas hasta desembocar en la desesperación. El personaje, desdoblado, sigue luchando aún desde el escepticismo: «Me dispuse / a una fraternidad sin esperanza». Puede nacer aquí el agudo sentimiento del absurdo y lo arbitrario de la vida, el pálpito fatal del destino. Los actos son irreversibles, independientemente de las valoraciones o los deseos; el yo se convierte a través de ellos en un inconsciente conductor del destino: la crueldad espera a los personajes que representan la ternura, la dureza constituye la vida en su sinsentido. Quizá por una especie de asepsia, la contemplación del paisaje es la forma más tentadora del descanso y el olvido, ninguna persona está implicada; sólo el regusto de la traición, del abandono del deber.

Este esquema de conflicto está desarrollado en la primera parte de *Blues castellano;* las dos partes restantes acumulan vivencias de la misma situación: la dialéctica entre los límites del amor y los del deber, sembrada de desencuentros y superaciones; el escepticismo a veces y el refugio en el paisaje; las pulsiones poderosas de la ternura y la solidaridad que, en el devenir de la vida, llegan a hacerse compatibles e incluso a ser simbolizadas ambas por las manos; el predominio de la negrura.

Quizá lo más llamativo del modo en que Gamoneda aborda la crítica social es que lo hace creando en el libro una atmósfera opresiva de tristeza. Casi nunca hay una descripción detallada de los hechos o se nombra la fuente del malestar o la miseria —el «Blues del amo» es una excepción en ambas cosas—, se da sólo el sentimiento y tal vez la palabra más repetida es pena. La opresión tremenda que sufren los personajes se traduce en un agobio existencial —«no puedo vivir»— a través de su mirada, de su cansancio, de su hospitalidad incluso. Quien los contempla se conmueve, queda como paralizado por la brutalidad de tal imagen, la nombra insistentemente como una queja honda que no consigue explicar. La queja del blues.

IV.2. Y también el ritmo del blues[12], que suma aquí la tradición reiterativa y paralelística de la canción popular, ya ensayada en los primeros poemas de Gamoneda, a los ritmos negroamericanos y afrocubanos. En *Blues castellano* la reiteración es esa machaconería obsesiva del niño que tiene una pataleta y basa la novedad de su petición en mínimas variaciones de matiz sobre su frase inicial. Obsesión directamente relacionada aquí con el agobio ambiental, el absurdo y la desolación de los poemas.

El papel intensivo que antes desempeñaba el énfasis, ahora es asumido por las reiteraciones. En el primer poema, una marcada auto-ironía cita algunos versos de *Sublevación inmóvil*, como una especie de música celestial, en una voluntad de mostrar que se ha producido un cambio de época acorde con el cambio de conciencia que se había venido gestando. Una nueva música para otra época, con un subrayado continuo de las

---

[12] Es curiosa la coincidencia en la fecha —1966— con el libro de Félix Grande, *Blanco Spirituals,* advocación musical poco habitual, por otra parte, de forma tan explícita, en la generación de ambos. En el caso de F. Grande, se trata sobre todo de un acercamiento cultural, con múltiples referencias, al mundo de la música negra; en el caso de Gamoneda, de una aproximación rítmica y tonal.

palabras claves, repetidas una y otra vez, hasta forzar la sintaxis si es preciso para ello.

El bloque central de *Blues castellano* está presidido por un paralelismo muy estricto, pero no mecánico, constantemente variado. En cada estrofa apenas hay progresión, que se suele dar por medio de una elipsis temporal o una oposición antes/ahora entre una y otra. A veces el cambio que lleva el sentido hacia adelante es una conjunción que modifica la jerarquía entre las frases; otras veces, el matiz en un detalle de la imagen; o esporádicas estrofas que van rimadas; o dos versos que de pronto no son paralelos; o la diferente longitud de las tiradas, la vibración de un largo polisíndeton... Como es naturaleza del blues, pese al peso de las reiteraciones, la próxima nota musical nunca puede ser esperada con certeza.

Si el ritmo aporta tan poderosos mecanismos intensivos, la palabra, como se ha dicho, podrá despojarse del énfasis. La reivindicación de una cierta impureza poética, a la altura de la realidad deforme, conduce en cambio a la purificación y la sencillez de un lenguaje que es correlato del sentido común, de la evidencia de lo que cae por su peso, sin necesidad de elevar el tono de voz. Los poemas de *Blues castellano* impresionan por lo conciso y rotundo, por el desnudamiento y el carácter directo de su relato.

Aunque a menudo se aprecia una tonalidad narrativa y la presencia en el fondo de una anécdota, no hay un desarrollo argumental, apenas se lee un esquema de los hechos, sólo un marco para el sentimiento, que centra la atención; todo gira en torno a él; su esencialidad es máxima, pero conservando siempre su vida intensa, no llevado a una conceptualización; nunca es un sentimiento cualquiera, luego otro diferente, cada vez es todo el sentimiento.

En ese cuerpo de lenguaje directo, la imagen tiende a convertirse en una afirmación rotunda —«La ventana es una lámina negra»—, pero con más frecuencia está en el borde de dejar de ser imagen, en el sentido de sustitución semántica: se nombra una realidad estrictamente y de ahí brota un significado que no pretende concretarse (queda en el aire o desemboca en una exclamación afectiva o un lamento).

De este modo, las preferencias de Gamoneda en *Blues castellano* no se inclinan por la metáfora, sino por la conducción de narraciones y descripciones mediante la selección de los detalles más agudos y nítidos de la realidad, casi sólo mostrados. Los hechos seleccionados contienen así el relieve de la sensación y se cargan del sentido total; este procedimiento de naturaleza metonímica los empuja a ser simbólicos, emblemáticos. Lo más peculiar de la imagen de Gamoneda en *Descripción de la mentira* y *Lápidas* se alimentará del mismo modo.

IV.5. *Pasión de la mirada*

Si por *Blues castellano* circulaban algunas constantes de la poesía posterior de Gamoneda, por aquí —poemas coetáneos, otros un poco más tardíos— quizá circulan las demás. Este quinto bloque de *Edad* no tuvo nunca la consideración de libro; recoge poemas exentos y también los desmembrados de *León de la mirada;* apenas cinco quedan de ellos en un recorte drástico que rompe con los datos contextuales y los trasciende, y elimina las resonancias machadianas que recorrían algunas zonas de aquella publicación. Sin embargo, «Pasión de la mirada» presenta una unidad, seguramente estructurada en torno al tema que le da el título, a la contemplación: mirada interior, como en *La tierra y los labios,* para el conocimiento del corazón; relación con el paisaje, como en «Exentos I» y en *Blues castellano;* observación del objeto artístico —esculturas y vidrieras—, como en *Sublevación inmóvil.* La unidad está trabada además por un sistema de transiciones que introduce ya el paisaje como correlato del corazón en los poemas dedicados a éste, y que identifica la actitud de quien dialoga con la naturaleza y con la piedra esculpida. Unidad que es también desembocadura de preocupaciones repetidas desde el principio.

Sin embargo, el primer poema —«Vivo sin padre y sin especie»: cruda enunciación que quizá es el argumento de la obra posterior— es extraño en apariencia a ese desarrollo. Crispado en su lenguaje, que evoluciona de lo muy directo a lo completamente indirecto y figurado, se preocupa por la falta de palabras vigorosas que acomete al poeta-personaje, en una anticipación de las «quinientas semanas» de silencio que abren *Descripción de la mentira:* como si la tenaz contemplación que viene después se explicara por esta ausencia, por la necesidad de encontrar algo exterior que reemplace tal vacío.

Se sabe ya que el espacio de la vida es el dolor y el frío, la soledad del corazón atormentado por el ansia, enfrentado a la presencia continua de la muerte —«vieja madre del miedo». Son poemas densos, espesos, como el mismo símbolo de la selva, que alude a lo primitivo y secreto: lo que el corazón explora en su indagación de sí mismo, mezclando en su recorrido las referencias interiores y las del paisaje. La naturaleza reproduce el conflicto: muestra el silencio del liquen creciendo en la madera como conocimiento y reconciliación con la vida; pero esta paz vegetal choca continuamente con la furia del agua: lo tormentoso, lo que se mueve y estalla, el combate y el miedo. Este estruendo produce una especie de olvido en su tumulto que, sin embargo, es muy diferente de la paz anterior, tal como si en el paisaje estuviera el correlato de todo lo que *Blues castellano* cuenta, de sus dos caras. Más allá «los lirios / ante el abismo, en la serenidad»: la naturaleza no tiene respuesta final para el conflicto, sólo el significado posible en la suspensión de la palabra, la ambigüedad de las opciones abiertas.

Contemplar el paisaje. El poder de la luz sobre las cosas, el silencio, el relieve de lo interior que se manifiesta. Pero, en cambio, frente a las esculturas, resulta difícil una contemplación similar, pues su origen humano induce otra vez a la continua reflexión sobre tiempo, belleza y muerte. Aunque el proceso se repite, ahora no hay conclusión fija, depende en cada momento de los impulsos y sensaciones de quien mira; se opta, en fin, por la suspensión de la respuesta, como lo haría la naturaleza.

«Pasión de la mirada» habla con vigor, con rotundidad, recupera el énfasis que ahora parece más nítido en su fondo, menos retórico. Los poemas son en general herméticos, dibujan un espacio irreal y simbólico, en que incluso lo descriptivo se siente trasladado a un límite donde se llena de valores distintos. El lenguaje es amplificativo, con frecuencia se despliega en una sintaxis ramificada y compleja, con incisos en hinchazones, con un modo de fluidez universal que convierte en sujeto al objeto de la frase anterior.

La imagen irracional es dominante —«como un mirlo esparcido»— y afirma su vocación de fundir en un solo cuerpo lo sensorial y lo abstracto, sin ningún tipo de distinciones, hasta el uso de léxicos muy técnicos que pueden sonar con gran extrañeza en su contexto: «He aquí las cabezas congregadas / a la convexidad». Como se dijo antes, todo está preparado ya para, tras la travesía del silencio, el estallido de lenguaje personal que es *Descripción de la mentira*..

IV.6. *Descripción de la mentira*

IV.6.1. «Este relato incomprensible es lo que queda de nosotros». Esta frase, hacia el final del texto, parece contener un intento de definición. Sin embargo, cuando el lector trata de asimilarla, encuentra que su sentido está hecho de preguntas, que ninguno de sus elementos es fijo. ¿Es un relato este poema? Incomprensible ¿por qué y para quién? «Lo que queda de nosotros»: está implícito un proceso temporal, un punto de partida y de conclusión, un personaje colectivo en cuyo nombre acaso se habla.

Descripción de la mentira tiene un planteamiento narrativo o, mejor, revela un continuo esfuerzo por narrar. «El óxido se posó en mi lengua». «Durante quinientas semanas he estado ausente». «Voy a extender mis brazos y penetrar la hierba». Los hechos del pasado, el tiempo del propósito. Así arranca el poema: con una mirada hacia atrás que quiere ser de síntesis, como al final de una etapa; con la enumeración de algunos datos que pueden constituir una época nueva.

Puede ser, sí —el tono lo subraya—, el inicio de un relato: sus causas, su tiempo, sus rasgos, su acción potencial, su personaje que habla desde la primera persona. Pero en cuanto se pasa página, la linealidad que el lector ha empezado a vislumbrar, se pierde. Lo que parecía un proceso dirigido hacia adelante se interrumpe; queda estancado entre contextos que se amontonan; se invierte, regresa, avanza, se diluye en una especie de nebulosa que impide situarlo, distinguir la línea seguida, saber si continúa existiendo.

Pero apenas cabe hablar de desorden cronológico, por cuanto no existe una medida exterior de tiempo. El tiempo del relato es estrictamente interno y su lógica es ésta. Así no importa que el momento inicial y el momento final parezcan ser el mismo momento; la inmovilidad del tiempo no impide la persistente sensación de presenciar un recorrido, un viaje que es mental y cuyas trayectorias tienen todas en común el dirigirse hacia dentro; incluso aunque se muestren como diálogos o análisis de lo que está fuera.

El poema se identifica con el recorrido, es el recorrido mismo realizado a través del espacio de la voz; facilita su tiempo de duración y su extensión en palabras como el tiempo y espacio narrativos que necesita el relato para existir, para ser relato. Aunque el principio y el final del poema pertenecen quizá al mismo momento cronológico, resultan ser opuestos. «La juventud me ha abandonado en esta delación»; delación del narrador mismo, abalanzamiento del tiempo personal, mientras el del calendario se mantiene estático; relato de toda una vida, mientras la superficie del minuto se quiebra y deja ver los andamios que la sostienen.

IV.6.2. Parecen, pues, coincidir el inicio y el fin del recorrido, identificarse cronológicamente. Por ello quizá el mejor punto de partida sea el acercamiento a este instante extenso que enmarca la reflexión.

Junto a otros rasgos sinónimos, la caracterización más repetida para él es la del «silencio», silencio que se sostiene en un estrecho ámbito de encierro, la «habitación obstinada». Ha de advertirse antes de seguir, sin embargo, que en *Descripción de la mentira* no hay conceptos unívocos, estrictos, sino más bien zonas conceptuales que funcionan como manchas de acuarela sobre un papel lubricado: resbalan, salen de su sitio, inicial, se mezclan con los demás colores hasta componer en esa mezcla colores muy distintos del primero. «La contradicción está en mi alma»: es una constituyente del sujeto y las palabras se hacen portadoras de ella cargándose de sentidos variables, opuestos incluso.

Así, del silencio pueden predicarse cosas tan contradictorias como: «la perfección del silencio» y «silencioso hasta la maldición». Perfecto y maldito, al silencio se acoplan dos grandes grupos de significaciones, cuya oscilación acaso no depende tanto del pensamiento como de los estados de ánimo.

Por un lado, es salud, y pureza; forma de conseguir la paz, mediante la vergüenza respecto a las esperanzas inútiles; es paciencia y bálsamo sobre la inutilidad; no es intransitivo, pese a lo que parezca, sino que derrama piedad y por tanto servicio.

Por otro lado, es maldición, perfección excesiva que ahoga y no se puede resistir; ámbito horrible que no llega a interiorizarse, aunque las apariencias simulen lo contrario; cansancio y rendición, límite de las fuerzas del cuerpo; carencia de razón y esperanza; supuesta serenidad que encubre la ceguera, la enfermedad más profunda.

Son dos grupos de significados opuestos que mantienen vínculos con otras actitudes y ámbitos. El silencio es privación o renuncia a la palabra; el encierro, privación o renuncia a una vida activa y exterior. Un concepto como el de «cobardía», que se asocia al silencio, marca en su definición esta referencia: es la distancia interpuesta «entre la ciudad y yo».

Viniendo de la lectura de los bloques textuales anteriores, estas contradicciones resultan coherentes, forman parte de un mismo proceso; en realidad, toda la poesía de Gamoneda podría leerse como una historia seguida, llena de intertextualidad y ecos, casi como un solo argumento. Así, cuando se dice: «Permanecí, permanecí, pero mi hábito es la retracción, la retirada hacia una especie maternal» o «y después retrocedí a mis legumbres y a las miradas en que soy reconocido», se están repitiendo comportamientos ya usados. Frente a las exigencias del deber y la solidaridad, surgían aquellas retiradas al refugio de la ternura o de la mirada, siempre corroídas por el remordimiento; ahora —«he cesado en la compasión»— ese espacio parece definitivamente aceptado como único, rotas las ataduras y las obligaciones exteriores: es «la deserción»; el personaje se llama «el desengañado».

La decisión está tomada, el nuevo espacio de vida definido, pero no puede evitarse que, por dentro, sigan enfrentándose los modos de sentirlo. La contradicción ya no se refleja en los actos, pero «está en mi alma». Así, se dice: «El silencio y sus círculos, el ácido que depositas sobre mi salud, / la suciedad obligatoria de mi alma: / éste es el precio de la paz. Acuérdate»: prevalecen los aspectos negativos —ácido, suciedad, precio— e incluso, en el tono y en las insinuaciones, el yo no parece aceptar la responsabilidad completa de esta paz («el olvido es mi patria vigilada»). Pero también se dice: «Ciertamente es una historia horrible el silencio, pero hay una salud que sucede a la desesperación»: se sabe ya por qué es horrible, desde dónde se califica así; sin embargo, compensa, sólo así se consigue permanecer, salvar «lo que quedaba de mí», y también pueden compararse estos restos con la cantidad íntegra de la que proceden, viéndolo por ejemplo en *Sublevación inmóvil*.

Hasta aquí se ha descrito el espacio del silencio como opción de vida, como categoría existencial. Pero en el inicio del poema se habla de *otro* silencio que termina, después de «quinientas semanas», permitiendo la propia escritura. Antes, lógicamente, se había asociado el silencio al cese de la palabra, que se identificaba con la acción. Ahora, contradictoriamente, sin que lo anterior quede anulado, hay que constatar el brote de *otra* palabra, cuyo origen está en la retracción: «tú descansabas en sus brazos y la escritura penetró en tu vientre»; conlleva desbloqueo y libertad; es la culminación de un fermento interior que, cuando llega a aflorar, habla de la profundidad de la vida, del valor primitivo y originario que se esconde dentro del sujeto.

«Habla de mí como una vibración de pájaros que hubiesen desaparecido y retornasen»: el poema es la recuperación de un mundo perdido. «La prosperidad de mi lengua se revela en cuanto fue olvidado durante mucho tiempo»: estas palabras de ahora son olvido y tienen vocación de remover otro olvido, son la voz del espacio del silencio. Cada memoria es una elección, no todos los recuerdos se actualizan simultáneamente; las cosas tienen dos caras: para tener una ha de perderse la otra.

Pero, para saber con más certeza qué discurso corresponde a este momento, es preciso ocuparse del problema de la verdad. Pues dice el texto: «escuché hasta que la verdad dejó de existir en el espacio y en mi espíritu»; el silencio, así, procede de la desaparición de la verdad y equivale a su pérdida.

¿Qué verdad es ésta que se esfuma? Es la de los anteriores libros de Gamoneda. Se identifica con las creencias y los ideales, con el compromiso, con los grandes valores (justicia, libertad, belleza); su ámbito era el de la relación social; su discurso —ahora callado— no trascendía la superficie de las cosas y los personajes.

Por eso, ahora se afirma: «no recurriré a la verdad». Así, la palabra de *Descripción de la mentira* pertenecerá a otro nivel, será una forma del silencio, la expresión de su ámbito.

De aquí se deriva tal vez que aquel ciclo de pensamiento que va del silencio a la palabra y vuelve otra vez al silencio puede tener salida a través de la elusión del problema de la verdad, en la opacidad que la sucede. Cuando surge esta pregunta: «¿Después del conocimiento y el olvido ¿qué pasión me concierne?», y se contesta más adelante: «No he de responder, sino reunirme [...] / con cuanto tiembla y es amarillo debajo de la noche», da la impresión de que el yo quiere romper con un sistema basado en exclusiones y proponer un código diferente o, mejor, la subversión de los códigos que se le habían dado establecidos; no entrar en el juego de esa pregunta, obviarla, iniciar un proceso al margen que desemboque en la vida, en los espacios vivos, lo que el tiempo exprime.

Por tanto, aquel punto de partida no se muestra ya solamente como silencio. Así permanece, pero su concepto es ahora mucho más compacto, más extenso. Sin embargo, sigue siendo importante el desconocimiento respecto a él; por ejemplo, su origen en el tiempo, sus causas exactas no se pueden precisar, debido en buena parte a su asociación con el olvido, que es otro de sus componentes básicos. La memoria aparece en ráfagas, pero no para aclarar estas lagunas; como se ha visto, opera de hecho como mecanismo de olvido, como una fábrica de irrealidad, buscando sólo los valores que puedan apoyar el sentido de la opción actual, que sean congruentes con ella.

Dentro de ese mecanismo son fundamentales las alusiones a la infancia, que se nombra con afecto y agrado. Lo que de ella se filtra en la memoria tiende a identificarse con el mundo actual, carente en este punto de significaciones desfavorables. La nostalgia de la infancia se debe así al reconocimiento en ella del modelo más perfecto del estado en que ahora se vive. El paréntesis de lo borrado por el olvido enlaza dos tiempos que se querrían continuos e iguales.

En este sentido, se querría construir un nuevo silencio más consciente y profundo que sucediera al deparado por las circunstancias. Y el hecho de estar realizando esta reflexión, la contenida en el poema, supondría un movimiento en ese camino.

Sin embargo, ese proceso se ve impedido por el vaivén constante de los sentimientos. Y hasta el mismo núcleo borroso de la memoria filtra a veces, excepcionalmente, las claves que desmoronan tales ilusiones: «Cuanto ha sucedido no es más que destrucción». Por tanto, no cabe idealizar la índole del fenómeno cuya decantación se está refiriendo. «Lo que ha quedado de nosotros» es después de haber sido destruidos, lo que se vive es el espacio de la ruina; sus valores no se definen positivamente y el tiempo y la nueva conciencia no pueden cargar de sentido una actitud que en sí constituye la asunción de la falta de sentido. Lo anterior queda como un paréntesis de tentación absurda.

«La pregunta es un ruido inútil en el idioma que sucede a la juventud». El espacio que se ha descrito es lo que sucede a la juventud, cuando el viaje exterior se ha mostrado ya como irreal y han cesado las tentativas de la acción, cuando se ha producido ya la retracción, el regreso utópico a la infancia. No hay en Gamoneda espacios intermedios entre juventud y vejez, porque la diferencia de los conceptos es radical y no admite gradación; esta dicotomía podría aplicarse igualmente a sus propios libros (libros de juventud y vejez), al enfrentamiento de sus lenguajes en sus términos básicos: *Sublevación inmóvil*, una descripción de la verdad y el ansia, y enfrente la *Descripción de la mentira,* donde se sabe que «es nocivo el deseo».

Es inevitable, así, que el ciclo de vuelta al silencio no se cumpla de forma aséptica. El intento de volver atrás conlleva un reconocimiento de culpabilidad y fracaso. «La edad es como el vaso del arrepentimiento». «La pureza del error se dibuja con lentitud». Se añade de este modo el lastre de la experiencia y el del análisis que se ejerce sobre ella, del cual son frutos arrepentimiento y confesión de error.

Como el miedo. En *Descripción de la mentira*, el miedo se desprende de las cosas, es una forma de percibirlas, de relacionarse con ellas. Es un «conductor» que encamina a la vejez y a la muerte, como catalizador del poder del tiempo.

Pero, se actúe como se actúe, el final es el mismo. La vía de la acción aceleraría vertiginosamente la aproximación al abismo de la muerte; la vía del encierro lleva a cabo, con lentitud y sigilo, la preparación para el vacío, anticipándolo.

Semejante a aquella idea que sitúa la libertad en la conciencia de la necesidad, el silencio quiere ser un pacto con lo irremediable. Una forma de concertación que permite eliminar costes, asentar la serenidad, sentirse copartícipes de lo impuesto; tal pacto tendría como efecto principal el desencadenamiento de importantes cambios en la visión: «en los manjares previos a la muerte hallo mi lucidez».

> Es nocivo el deseo; vive en la anterioridad y su experiencia es cesar. Es confusión de la memoria.
> No abras los cuerpos. Debes tomar los frutos antes de desearlos. No puedo decir por qué, pero estos juicios son deducibles de la muerte.

Juicios deducibles de la muerte: valoración de la experiencia a la luz de la muerte. O mejor: reconocimiento de que en el fondo el nombre de la experiencia es muerte: «es cesar».

Igual que antes se habló del análisis, ahora se tiene la sensación de que este saber decisivo, aunque sigue una estructura racional («hallo mi lucidez», «juicios deducibles»), no tiene un origen de esa naturaleza, sino que es revelación directa de la vida, tacto inmediato suyo. Pero hasta aquí no se ha conseguido demasiado aún: aquella concertación comporta nuevos criterios, mayor lucidez para valorar las cosas, pero no es todavía suficiente para el logro de la serenidad que permite «encajar» los puntos de ese conocimiento. «Su horror es aceptado porque [...] su naturaleza está en paz con lo que queda de nosotros»; mientras el planteamiento dialéctico se mantiene al hablar de «horror», se formula el objetivo central de la aceptación, la concordancia con la naturaleza, adaptar quizá el corazón a las nuevas formas del cuerpo, a sus restos.

Aquí interviene el concepto que da título al libro. La indiferencia (una máscara transparente que deja pasar la luz, pero no sus efectos), la memoria (el olvido) y la lucidez son el trío de conceptos que se identifican con la mentira. Es la contemplación de la vida no cara a cara, sino a través del espejo de la muerte. Es la «ciencia del silencio», su fase superior que nace de la conciencia de sí, de la virtualidad perceptiva que la muerte confiere. Por eso, la sensación del lector de que el principio y el final del libro no son iguales.

Primero, el silencio era la negación de la verdad y forcejeaba con ella y con la palabra. Ahora, el silencio se eleva a la mentira como categoría de conocimiento.

Desde el mirador del fin, la vida del cuerpo se reduce a fingir su existencia. La vida del espíritu sólo puede durar hasta alcanzar tal conocimiento. Este es el recorrido y es posible contestar de modo distinto aquella pregunta del principio: «¿qué pasión me concierne?». El yo no es otra cosa que un sujeto del destino de todos y puede responder en plural, con rotundidad que remite al existencialismo: «Nuestra pasión es trivial».

Efectivamente, el conocimiento sobre la existencia ha trivializado a posteriori los conflictos del poema, con su equiparación de todas las cosas y de todas las posturas en una ficción. La palabra sobra y queda sola la indiferencia.

El conocimiento ha demostrado que lo real es la inexistencia, ha propuesto como única conducta la quietud de la imposibilidad; el libro que describe ese recorrido es «la forma que describe tu desaparición». Pese a ello, el problema de la vida queda pendiente. No todos los hilos están atados, ni todos los procesos asumidos; la ambigüedad está en los sentimientos de quien habla, en la variación de sus valoraciones. Como se dijo, el texto tiene innumerables entradas y no es seguro que todas ellas vayan a conducir al mismo destino. Cuando el poema explica el pacto con la muerte y propone la aceptación, se va sintiendo una pérdida íntima de seguridad, una confusión del sentimiento que emborrona todos los conceptos de melancolía: ya no son posibles otros códigos ni otras declaraciones de principios, todo —pese a la nitidez de la palabra— se va nublando en una atmósfera de pérdida, en el miedo y la tristeza.

El poema se cierra con una pregunta —«¿Qué hora es ésta, qué yerba crece en nuestra juventud?»—; el conocimiento se ha obtenido, pero no resuelve y por eso coexiste e incluso se identifica con la perplejidad: «la perplejidad es la conciencia». Aquí puede recordarse aquella definición— «relato incomprensible»— como si hubiera una compatibilidad entre ser incomprensible y tener sentido. Gamoneda ha dicho:

> ...será un signo legible, aunque permanezca indescifrable, es decir, un enigma. Y el enigma es una suplencia eficacísima, una significación plenaria, infinitamente abierta, ante la que nos manifestamos intensamente receptivos[13].

No es el posible hermetismo del poema lo que le otorga valor de enigma, sino su posible claridad. «Sólo es legible el libro de lo incierto», porque lo cierto excluye palabras y lecturas, espíritu, vida real. El texto se torna incomprensible por lo que se llega a saber a través de él, no por sus zonas de ignorancia. Es incomprensible para el lector y para el autor.

IV.6.3. El relato, como casi todo relato, tiene sus personajes. La forma en que aparecen es uno de los principales soportes de la ambigüedad que lo caracteriza.

Algunos personajes son mencionados sin intervenir en la acción —«mi madre», «mis hijas»—, sirviéndole a ésta como una especie de marco, delimitación de un ámbito, en vez de protagonizar el texto como ocurría en *Blues castellano* o volverá a ocurrir con la madre en *Lápidas*. Salvo esas alusiones, el nombre de los personajes se reduce al uso de los pronombres: yo, tú, nosotros, vosotros, un «ellos» genérico. Pronombres que, dada la fluctuación de los conceptos y la agitada subida a

---

[13] Antonio Gamoneda, «Lectura parcial de José María Navascués», en *Los Cuadernos del Norte*, núm. 0, enero-febrero de 1980.

la superficie de las conclusiones, son difíciles de fijar de forma estricta. Carecen de todo tipo de caracterización física, de rasgos sociológicos e ideológicos estables y sugieren una continua movilidad. El propio Gamoneda lo ha enunciado así, al referirse a un término clave del poema:

> El rostro es una realidad múltiple y cambiante. No es mi rostro, no es un rostro real, son todos los rostros posibles. Son los rostros del recuerdo, del deseo, los rostros invisibles, los que no conozco. El rostro es una posibilidad de diálogo. El rostro es el otro. Pero [...] ese otro puede ser yo mismo al tiempo[14].

El «vosotros» es poco usado. Sólo en una ocasión parece contener una intención vocativa, dirigida a un supuesto lector. En los otros casos suele asignarse al «campo contrario», es decir, a los que sustentan valores condenables, a los que causan la opresión y la injusticia que pesa sobre las calles.

El «nosotros», desde el mismo punto de vista, podría caracterizarse por oposición. Comprende al yo y al tú, a todos aquellos que comparten el mismo destino, aunque sus opciones concretas sean divergentes. Hay una continua oscilación entre los discursos en primera persona del singular y en primera del plural; por un lado parecen intercambiables desde el principio, salvo en los momentos en que el yo se refiere a «crisis de elección» —la venida de la palabra, la afirmación del silencio— o a datos más personales —la infancia, la madre. Por otro lado, se produce en el libro un proceso de consolidación de esa identidad yo-nosotros; a medida que se avanza en la construcción de una conciencia, el yo que habla se siente más representativo de todos los otros; en el primer fragmento se lee: «lo que queda de mí»; en el último: «lo que queda de nosotros».

Si *Descripción de la mentira* es una narración, es también un diálogo. La voz del yo se dirige sin pausa apenas hacia un tú desconocido. Al tratar de ir recogiendo los rasgos del tú para avanzar en su comprensión, sorprende la imposibilidad de la

---

[14] Entrevista a Gamoneda realizada por Diana Yubero e Isaac Macho, *El Norte de Castilla*, Valladolid, 10-XII-1986.

tarea. La diversidad del tú es patente ya desde el nivel morfológico, cuando se comprueba que establece sus concordancias unas veces en femenino y otras veces en masculino. La valoración de los rasgos semánticos confirma esta diversidad.

Hay numerosos «tus» distintos con los que dialoga el yo, sin ningún aviso de cambio. Hay, a través de ellos, una dinámica de reflejo, de rememoración de una serie de casos «ejemplares», en los que se profundiza el conocimiento del yo. A veces, en la relación se dan alusiones sexuales, encuentros activos y pasivos, eufóricos y melancólicos. Otras veces, el tú parece la poesía o la palabra. Otro tú representa a la juventud en femenino y la renuncia obligada. Otro tú es una muerte concreta, una tarde de entierro. A otro se le dice: «Tú creaste la mentira entre las piernas de mi madre.»

El tú dominante es aquel con quien se establece el debate principal: entre el encierro y la acción, el silencio y la palabra, el conocimiento y la verdad. Es difícil saber si se trata de un solo personaje o, más bien, es una reunión impersonal de los demás. Esa dificultad de captación no diluye el debate, sino que lo potencia; ayuda eficazmente a la creación del terreno inestable en que se buscan las respuestas; dramatiza la búsqueda interna que lleva a cabo un personaje hipertenso y presionado. El lector, a veces, no puede evitar la idea de que muchos de esos «tus» son «yos» que se escapan, son facetas incontroladas, zonas del pensamiento o la sensación, desdoblamientos, multiplicaciones del personaje que adquieren voz: «¿Y tú te ocultas, el habitante de mi alma?»

Incluso, en una ocasión, la fuerza de ese desdoblamiento es tal que se invierten los papeles. El habitual «yo» es desposeído de su puesto y reducido a interlocutor: «Sólo tú eres exterior y horrible: el que robó mis actos y no duerme, / el que está ciego en la serenidad.» Ojo por ojo: la debilidad del silencio no querido, aceptado a regañadientes, se pone así más vigorosamente de manifiesto, que en un «mea culpa» de su defensor. Así se ve cuán relativas son las posturas, por muy rotundo que sea el tono con que se emiten.

Y la fluidez e indefinición de los personajes es como la fluidez e indefinición de la vida: un tope para las pretensiones absolutas del conocimiento. Es, otra vez, su sustitución por la perplejidad.

En una ocasión, Gamoneda habló así de los personajes:

> Tú y yo son los pobladores del silencio, los descriptores de la mentira. Mi voz no es más que el lugar de confluencia[15].

Quizá podría hacerse una lectura de ello encaminada a borrar todo espacio de subjetividad, pues la voz de la enunciación sería ajena a los personajes, narradora y no expresión de una implicación sentimental en el poema. Con respecto a esta lectura, son varios los críticos que han situado la poesía de Gamoneda en el terreno de la épica —«épica del fracaso»[16], por ejemplo—. Aún más, las características que suelen darse como constituyentes de una «épica contemporánea»[17], de una u otra forma se pueden encontrar en *Descipción de la mentira:* concepción narrativa, obra estructurada unitariamente, empleo del versículo, sistemas reiterativos... y la que tiene más vinculación con lo que se acaba de tratar:

> Lo esencial de la poesía épica es que el autor no participa en el poema como individuo privado, sino que asume todas las voces de la colectividad y se transforma en «operador de la lengua» [...]. Multiplicidad de voces. Multiplicidad —a veces confusa— de quienes hablan y de quienes escuchan. Todo protagonismo está aquí disperso, velado [...]. Se habla en todas las personas, desde la primera a la tercera, en singular y en plural, porque lo que se está exponiendo es el universo total del verbo[18].

Todo parece coincidir con precisión con los rasgos de *Descripción de la mentira;* pero aquí el relato es interior, de un proceso mental, y el sujeto, aunque alegue lo contrario, desenvuelve en el poema un conflicto privado. Por detrás están los hechos

---

[15] Entrevista en *El Imparcial,* Madrid, 9-VII-1978.
[16] Florencio Martínez Ruiz, *ABC literario,* Madrid, 30-V-1987.
[17] Se siguen aquí las características propuestas por José Antonio Gabriel y Galán en el prólogo a su traducción de la *Anábasis,* de Saint-John Perse (Madrid, Visor, 1983).
[18] Mismo sitio.

de una colectividad, la sensación de vivencia compartida; pero esto no ocupa apenas lugar. Es más, la presencia de lo colectivo se afianza cuando las referencias al mundo exterior disminuyen, cuando prevalece la consideración existencial de estar destinado a la muerte. Lo que tiene validez colectiva no es la acción, sino la conclusión del conocimiento.

En *Blues castellano* el compromiso social era el telón de fondo ante el que discurría el conflicto personal, era el sentimiento y no el relato; aquí también la trayectoria colectiva es un escenario dado por supuesto, pero el drama poético es el de un personaje que el lector ya conoce en su evolución, en el tono de su palabra interior, la misma que aquí vuelve a encontrar.

IV.6.4. Junto a su proceso conceptual, una de las claves de la personalidad y la fascinación de *Descripción de la mentira* es, sin duda, su planteamiento rítmico, el vigoroso y creativo uso del versículo que hace Gamoneda.

Las inevitables referencias a algunos libros de la Biblia o a Saint-John Perse, o mucho menos los pocos antecedentes españoles, no explican este versículo. Tampoco bastaría para ello un análisis métrico que demostrara la cuidada armazón que subyace bajo la superficie verbal. Así, ha dicho Octavio Paz que

> sostener que el ritmo es el núcleo del poema no quiere decir que éste sea un conjunto de metros. [...] El ritmo es inseparable de la frase; no está hecho de palabras sueltas, ni es sólo medida o cantidad silábica, acentos y pausas: es imagen y sentido. Ritmo, imagen y sentido se dan simultáneamente en una unidad indivisible y compacta: la frase poética, el verso. El metro, en cambio, es medida abstracta e independiente de la imagen[19].

Esta simultaneidad compacta constituye el versículo de Gamoneda, cuya fuerza nace de su integración en un sistema rítmico más amplio, que comprende una peculiar técnica reiterativa; una organización del pensamiento en oleadas, que se

---

[19] Octavio Paz, *El arco y la lira*, Méjico, Fondo de Cultura económica, 1972.

apoyan en una sintaxis de acordeón y en un lenguaje distribuido en dos opciones alternantes: la sentencia y la imagen; una estructura construida a base de pausas.

Descripción de la mentira es un solo texto poemático, compuesto de fragmentos de variable tamaño que van separados por pausas, también de duración diversa, representada en la medida de los espacios en blanco contenidos en la página.

Ningún epígrafe, ninguna numeración, ningún rasgo tipográfico que ponga de relieve una u otra cosa, salvo el blanco del papel. La presentación del texto invita a una lectura de corrido que convierta las pausas no en divisiones significativas, sino en apoyaturas del planteamiento rítmico. Y, al mismo tiempo, es una trampa para quien pretenda establecer la estructura del poema: habrá de valorar los milímetros de blanco que hay aquí y allá; encontrará fragmentos de un verso junto a otros de dos páginas, cuya tajante distinción no acierta a apreciar, formulará reglas y fracasará en su comprobación.

«Las pausas son aquí viscerales, cardiacas, contemplativas, meditativas, intelectuales»[20].

La estructura del poema se muestra como pasional, pulsiva: movida por las olas de los conceptos a la irregularidad y a la aparente irrelevancia de sus formas. Sugiere un ejercicio del sentimiento y no de rigor organizativo.

Ya en *Blues castellano* había experimentado Gamoneda las técnicas de reiteración rítmica e intensiva con numerosas variantes; lo mismo ocurre aquí, aunque integrando un sistema diferente. En *Descripción de la mentira* la repetición no sólo afecta a las estructuras, sino también a los conceptos.

En el primer caso, las fórmulas son diversas: simple repetición; uso de un verso a modo de falso estribillo al final de varios fragmentos; paralelismo más o menos marcado; empleo de un molde estructural para, al ir variando sus elementos con-

---

[20] Francisco Martínez García, en *Historia de la literatura leonesa*, León, Everest, 1982.

cretos, hacer progresar la definición de una idea: «Cada distancia tiene su silencio. [...] Cada distancia tiene su descanso.»

Por otro lado, a lo largo del poema se han ido diseminando los conceptos y las preguntas fundamentales, que van repitiéndose de continuo y estableciendo múltiples nexos mutuos.

Se tiene la sensación de estar siempre ante la misma frase, debatiendo el mismo pensamiento, desentrañando de nuevo un solo símbolo, buscando la respuesta a la misma pregunta. Aparte de la enorme consistencia que obtiene el texto, se transmite así la cerrazón de la vida, la falsedad del cambio.

Este procedimiento ya estaba presente en los libros anteriores de Gamoneda, pero ahora se ha exacerbado y adquiere además otro relieve dentro de este tipo de estructura. Así, se emparenta con algunas maneras del expresionismo alemán, que se remontan a Trakl; como dice A. Pellegrini a propósito de este escritor:

> El poema adquiere una textura particular al ser recorrido por palabras obsesivas que se convierten en hilos conductores del discurso poético (...). Todas estas palabras obsesivas crean una especie de superficie reverberante en el texto, pues a pesar de su reiteración, nunca son las mismas, cambian levemente de sentido en cada nueva ocasión y así matizan el discurso[21].

A pesar de su reiteración, tampoco en Gamoneda son las mismas, la constancia en nombrar los conceptos fundamentales es engañosa. Igual que sucedía con el personaje llamado «tú» —en que un solo nombre era un puzzle de posibilidades, cuyo modelo siempre se escapaba— ocurre también con la verdad o la mentira o el silencio. Cada silencio nombrado es un silencio distinto.

Paradójicamente, un mismo procedimiento traduce a la vez trabazón y ambigüedad, quizá de modo equivalente a aquella otra paradoja que asociaba conocimiento y perplejidad.

Organización del pensamiento en oleadas, se decía. Gamoneda ha utilizado en este sentido, integradas en el versículo,

---

[21] Aldo Pellegrini, Prólogo a su traducción de Georg Trakl, *Poemas*, Buenos Aires, Corregidor, 1972.

técnicas habituales en el ritmo de la prosa, dándoles una formulación peculiar.

> El ritmo de toda prosa consiste en una sucesión de movimientos orgánicos, dispuestos en tensiones y distensiones. Estos movimientos son la manifestación motora del interés y participación con que nuestro organismo fisiológico sigue la marcha lineal de nuestro pensamiento idiomático. Son, pues, movimientos de afección o emocionales. Y como estas tensiones y distensiones orgánicas son paralelas a fases características del pensamiento idiomático, en el pensamiento formulado hemos de buscar el origen del ritmo de la prosa: alternancia de atenciones o suspensiones despertadas y de su satisfacción[22].

No se trata exactamente de «ritmo de ideas», sino del ritmo conseguido por medio de la disposición de esos contenidos en cada unidad de sentido, por la relación recíproca entre los miembros del periodo, etc... Aparte del ya citado empleo de la reiteración, Gamoneda provoca esas tensiones y distensiones mediante tres procedimientos principales:

— La extensión de los versículos.
— La estructura sintáctica.
— La alternancia del lenguaje sentencioso con el figurado.

Los tres mecanismos funcionan de modo integrado, resultando, por ejemplo y sin que se trate de una norma general, que los versículos más breves compuestos por oraciones simples y por afirmaciones sentenciosas vayan situados al principio, en el centro y al final de los fragmentos; también es esa la posición más frecuente de las reiteraciones, paralelismos y estribillos más notorios. Los espacios intermedios, en cambio, suelen ir ocupados por versículos más extensos, de mayor complicación sintáctica y lenguaje cargado de imágenes. Así, en este sistema de «oleaje», los primeros son el eje articulador del discurso, soportes de la mayor densidad conceptual; los segundos son como ilustraciones suyas, de tono más emotivo o evocador.

---

[22] Amado Alonso, «El ritmo de la poesía», en *Materia y forma en poesía,* Madrid, Gredos, 1969.

IV.6.5. El lenguaje de Gamoneda es un lenguaje fuertemente «poetizado», ajeno al habla normal, que quiere distanciarse de ella con claridad y que indica la línea de su separación como una búsqueda de lo primitivo. Sus constituyentes son lo legendario, rural, mágico, enigmático, un mundo de referencias con el que también el versículo y la reiteración han acostumbrado convivir.

Y, junto a ello, lo también fuertemente poetizado contemporáneo: lo onírico e irracionalista, las transposiciones, la yuxtaposición de léxicos diversos, la perífrasis elusiva y desrealizadora. Así, las palabras que crean una atmósfera arcaizante («nos condujimos con majestad y concertamos grandes sacrificios y ceremonias dentro de nuestro espíritu») coexisten con términos que, por no ser habituales en el contexto poético, causan gran extrañeza («adelantar un cuchillo y retirarlo húmedo de una exudación que dignifica al esgrimidor»).

En general, el componente básico de la distancia es la imaginería ruralizante, que lleva connotaciones mágicas, remotas, conectables con la mítica infancia del yo o con ese tiempo borroso que aspira a reconstruir: «alentar sobre el vinagre hasta volverlo azul», «como los tábanos en la lengua de los animales muy enfermos». Las imágenes remiten a un mundo primitivo, oscuro y natural, que reaparece constantemente en los ambientes, creados con alusiones a la vegetación (arándanos, aulagas) o con el tipismo de las estampas: «el ganado de vientre pasa sobre la nieve y el aceite llama desde los establos». Todos estos datos van más allá de ser un ambiente lingüístico para configurar un clima enigmático, de significaciones inconclusas y amenazantes, de misterios latentes.

Las imágenes de Gamoneda van desde un sencillo simbolismo hasta la más elevada complicación. En general, son irracionales, de difícil reductibilidad, impulsoras del subjetivismo, desbordadas de sugerencias, aunque al final dejen el poso de lo hermético. Es curioso, sin embargo, cómo la aparición de *Descripción de la mentira* dio lugar a casi unánimes atribuciones de surrealismo y, en cambio, su reciente reedición ha provocado la sorpresa de algunos críticos por su mayor claridad[23], como

---

[23] Florencio Martínez Ruiz, *ABC literario*, Madrid, 3-I-1987.

si la forma que Gamoneda tiene de nombrar —esa peculiar convivencia de lo abstracto y lo sensorial, sus desarrollos metonímicos— se hubiera adelantado en su momento al lenguaje «legible» y ahora encontrara la posibilidad de una lectura más reposada y en mejores condiciones de sintonizar con ella.

A este fenómeno ha contribuido quizá la ausencia de precedentes que a primera vista tiene este lenguaje, aunque en las etapas anteriores del poeta podía ya apreciarse su fermentación. Sólo quizá algunos puntos de contacto con la obra de Saint-John Perse serían considerables a este respecto: el uso de la sustancia de las cosas como significante de la imagen, al modo de los surrealistas («no trafiquéis con salmuera»[24]); el paralelismo; la generalización simbolizadora; el poder significativo de la imagen visual, desarrollada en una especie de narración-descripción que evoca el origen de la imagen en la realidad («Fuegos de zarzas en la aurora / pusieron al desnudo esas grandes / piedras verdes y aceitosas como fondos de templos, de letrinas»); la aparición del exotismo con papel similar al del arcaísmo-ruralismo en Gamoneda, etc...

La fuerte presión distanciadora que en *Descripción de la mentira* se ejerce sobre el habla normal tiene una de sus mejores pruebas en el tratamiento de los datos autobiográficos. Son muchas las referencias de ese tipo: insinuaciones personales, familiares, espaciales, políticas. El material biográfico sirve seguramente como base del entramado, como hilo conductor del relato. Pero, en sentido estricto, no puede pasarse de ahí: ese material vigoriza la narración, contribuye a darle vida, palpitación real; pero lo hace de una forma que vuelve imposible su lectura literal, está tan poetizado, tan integrado en el cuerpo del lenguaje, que se hace puro significante, materia universal.

Hay un fragmento del poema que se dirige a explicar el porqué de su hermetismo, distancia y misterio, lo característico de su palabra. Es suficiente con reproducirlo:

> Las preguntas no existen en el idioma de la ocultación: todo está dirimido.
>
> Es perverso el idioma, pero es enjundia de mi cuerpo.

---

[24] Saint-John Perse, *Anábasis,* traducción y edición citadas.

> Otros os engañáis con la esperanza.
>
> En ciertos casos mis palabras podrían atravesar tus labios, entrar despacio en tu existencia; no lo que dicen sino las palabras mismas, su exhalación caliente como el amor.

La otra opción de lenguaje es la sentencia —«Ahora es verano y me proveo de alquitranes y espinas y lápices iniciados, / y las sentencias suben hacia las cánulas de mis oídos»: el poso de lo decantado en el espacio y el tiempo del silencio. La sentencia es concisa, escueta; contiene la pregunta fundamental o la definición tajante. Su estructura es muy frecuentemente la atributiva —esto es esto—; su tiempo, el de esos presentes gnómicos que no guardan relación con el transcurso temporal y se pretenden definitivos e inmutables.

Las palabras abstractas en gran abundancia componen el léxico de estas sentencias, aun cuando también suelen incrustarse en el desarrollo de las imágenes. La reflexión del poema explica la importancia de los abstractos y su tendencia a cobrar realidad física. «Escuché la rendición de mis huesos depositándose en el cansancio»: no es exactamente una sinestesia, sino la materialización sensorial, como hechos, de conceptos que no tienen existencia objetiva. Así las palabras abstractas aparecen revestidas de extensión o de medida: «perdidos en el interior de la edad», «alto en su lucidez». No son símiles o metáforas simples, sino la atribución directa, como propia, de un espesor, de una consistencia física al abstracto.

No se debe creer, sin embargo, que el espacio de la sentencia es el espacio de la claridad. El lenguaje sentencioso puede ser igualmente portador y potenciador del hermetismo, la fórmula más lacónica puede encerrar el significado más indescifrable. Ni siquiera la recuperación del énfasis que supone *Descripción de la mentira* modifica este funcionamiento: en otros textos el énfasis suele actuar como factor reductivo de la ambigüedad, al subrayar uno de los sentidos posibles; aquí, sin embargo, es sólo un elemento tonal, que soporta la tensión de la atmósfera, su vibración dramática.

No hay que olvidar además que la escueta estructura atributiva, tan adecuada para definir toda esencia, se quiebra inevitablemente ante el carácter movedizo de sus miembros. La palabra utilizada en cada caso es sólo un momento que se atrapa en el continuo giro del concepto; sobre el papel, se convierte en una ficción, en el estéril intento de hacerse pasar por la totalidad de la palabra. La ambigüedad de los conceptos convierte a la sentencia en una paradójica fuente de ambigüedad, creándose «un hojaldre de sentidos que siempre permite subsistir al sentido precedente, como en una formación geológica; decir lo contrario sin renunciar a lo contradicho»[25].

IV.7. *Lápidas*

IV.7.1. Frente al largo poema de vibración e hilo unitarios que es *Descripción de la mentira*, *Lápidas* se asienta desde el principio en la diversidad, como una recopilación de textos, agrupados en capítulos de tono y motivos diferentes. En seguida se comprueba, sin embargo, que no es un libro de poemas convencional; varias son las causas de ello, en primer lugar que los apartados en que se divide, con trabada armazón interna, tienden a leerse como textos únicos, que repartirían el discurso total en sólo cuatro tensiones. Después, porque en las páginas fluye una inusual movilidad tipográfica: el verso, el versículo, las tiradas de prosa, se mezclan hasta coincidir incluso alguna vez en el mismo texto. Y también porque, pese a las diferencias, en *Lápidas* son numerosos los ecos de las etapas anteriores de Antonio Gamoneda, las frases que sirven como espejo para la lectura de otras frases; aunque es preciso prevenir sobre esta intertextualidad del autor consigo mismo, puesto que puede ser tanto fuente de interpretación como de oscuridades, dada la ya sabida movilidad de los conceptos y de los símbolos (así, mientras en buena parte de *Lápidas* el «resplandor» es un símbolo positivo que se opone al «abismo»; en *Descripción de la mentira* se decía: «el resplandor está en la muerte»).

Aceptada, pues, la apariencia de diversidad que ofrece *Lápidas*, podría considerarse la lectura por separado de sus cuatro partes, para interrogarse después de ella por su posible unidad.

---

[25] Roland Barthes, «El tercer sentido», en *Lo obvio y lo obtuso*, Barcelona, Paidós, 1986.

La primera parte se compone de poemas «dedicados»; su modo es apelativo, dirigiéndose a alguien, refiriéndose a algo externo que se integra en el texto como tal; el texto parece depender en su existencia de ese objeto o personaje que le es previo; notas aclaratorias remitirán a bailarines, esculturas o poetas, pero —como se verá— esto es casi irrelevante.

La estructura del poema tiende a dividirse en dos: por una parte, está lo mirado; por otra, la mirada, siempre presente de forma expresa. El objeto contemplado funciona como mecanismo de autorreconocimiento: «desconocidos semejantes a mi corazón». Lo mirado y la mirada se identifican, porque los objetos son la materialización de un análisis que el yo no había querido hacer acerca de sí mismo: «Vi los espejos ante los rostros que se negaron a existir».

Esta división en dos no es, sin embargo, un juego de perspectivas para ser superado, sino un componente esencial de todo. La realidad se articula en sistemas de oposiciones que muestran la escisión de los sujetos, siempre inclinados sobre un abismo e impulsados por un resplandor: «Luis y sus dos almas (la que llora y la que estudia la agilidad de la muerte)».

En el seno de este sistema, se van sucediendo reflejados los diversos lugares del yo, conocidos ya a partir de los procesos anteriores: el dolor, la misericordia, la inexistencia... e irá prevaleciendo, en un escenario de envejecimiento, un sabor desesperanzado de final.

Dos versos de *Descripción de la mentira* —«Tierra desposeída de sus tumbas, madres encanecidas en el vértigo. / Es lo que queda de mi patria»— pueden servir como antecedentes para la invocación en *Lápidas* del dolor por España. La segunda parte recoge una serie de poemas patrióticos que remiten (Lorca, León Felipe) a la guerra civil. Relatos particulares, como una reescritura del Sánchez Mejías, adquieren el valor de una «metáfora española», según lo formula el propio Gamoneda, que se distancia una vez más de lo que es habitual en su generación[26].

---

[26] «España ya no es una invocación. Ya no se clama a España, ni duele Es-

La historia se integra dentro de este orden poético. En la parte primera, explicaba un poema cómo el dolor que produce la lucidez no encuentra sitio en el lenguaje y sólo en el silencio existe realmente; la palabra es un ámbito de la mentira y, por el mismo motivo, la historia también lo es, se dice ahora; no está claro que las nociones de silencio y mentira sigan siendo las mismas que en *Descripción de la mentira*, sino que parece haberse producido un desplazamiento hacia un uso menos cargado de ellas.

Un pesimismo radical impregna la descripción: «En las aguas más lentas, la suciedad se extiende y esta sustancia entra en el destino.» Y, como otras veces, en la atmósfera se está insinuando que sobre el paisaje colectivo se dibuja una identidad personal: «Entra la sombra en los espejos»: a través de esta palabra indirecta, la que más lo es, pues describe el reflejo, se escamotea y se relata al yo.

Este grupo de poemas tiene igualmente un fuerte tono apelativo, aun más marcado si cabe; la exclamación expresa, el sentirse el lector exhortado por la vibración del texto, recorren la totalidad de *Lápidas*, donde es singular el subrayamiento de las funciones conativa y expresiva. En este caso la apelación está sola, como quizá al final lo estará la «expresión»; aquí nunca quien mira se nombra y su sentimiento accede al lector mezclado con los hechos, ha de deducirlo.

Valéry decía que el poema es el desarrollo de una exclamación; entre ambos polos —desarrollo y exclamación— hay una tensión que constituye el poema. Según Octavio Paz, «el poema será la revelación de aquello que la exclamación señala sin nombrar»[27]. Este carácter, que ellos asignan a toda la poesía, es muy perceptible a lo largo de la obra de un autor enfático y apasionado como suele ser Gamoneda; pero da la impresión de que en la mayor parte de *Lápidas* hay una variación de estas proporciones, que aparentemente va en perjuicio del «desarrollo», condensando los contenidos de éste en un mínimo que

---

paña y, con más conciencia de lo que una patria sea que muchos de sus antecesores, a España por lo general ya no la llaman España» (García Hortelano, lugar citado).

[27] Octavio Paz, *El arco y la lira*, ed. cit. También él recoge la referencia a Valéry.

apenas rebasa lo exclamativo y consigue, por este medio, potenciar la eficacia poética, en el mantenimiento de aquella tensión.

«Hay un mar incesante que desconoce la división del resplandor y la sombra / y resplandor y sombra existen en la misma sustancia, / en tu niñez habitada por relámpagos». La vida toda es escisión y unidad de los contrarios en una sola materia; esa materia viene dada por la infancia, con la que se confunde. A reconstruir esa raíz se consagra la tercera parte de *Lápidas*.

El poeta la denomina «rudamente biográfica», como si aquí estuviera el flujo de vida que originó, por ejemplo, el discurso de *Descripción de la mentira*, la lectura entre líneas de los silencios de aquél. Recuerdos de infancia en León durante la guerra civil: el niño ve desfilar ante sus ojos, desde el balcón, la historia española y la convierte en su historia personal.

> Yo no hago historia. No son las grandes circunstancias civiles las que me piden conmemoración, sino sucedidos de difícil escritura, breves signos convertibles en lápidas. Los hechos vuelven indescifrados, bajo la forma de espacios y sonidos, exactos e incomprensibles. Es extraño que sean los pequeños acontecimientos, los íntimos y, también, los convividos, los que se manifiestan arrancando mayores jirones de nostalgia; es extraño que sea la luz de los hechos, y no éstos por sí mismos, lo que ha quedado en mí con el valor de una llaga. Han sucedido largos días y se han excavado estancias en mi corazón, de tal manera que mi aprendizaje de vejez no es otra cosa que la forma que adoptan en el espíritu el pasado y sus sombras[28].

En este largo párrafo expositivo, eliminado de la versión definitiva de *Lápidas*, están todas las claves para la lectura de estos poemas: pequeños acontecimientos íntimos, indescifrados, su luz, el aprendizaje de la vejez.

Como ya se apuntó al hablar de la relación de Gamoneda con lo épico, la historia, lo colectivo, son el fondo del escenario, quizá incluso el objeto contemplado por el personaje; pero

---

[28] *Lapidario incompleto*, ed. cit.

son los sentimientos y sensaciones de éste los que configuran el poema. En el texto previo se decía también: «Hay algo comunal cuyos límites son bordes y fisuras de los propios mitos»[29], explicitando con precisión esta idea: ámbito para la aventura personal y no motivo de epopeya heroica o trágica es lo comunal, mientras que el espacio poético así acotado tiende siempre a alimentarse del conflicto interior.

En esa memoria personal está, por tanto, el origen. Los personajes y los sucesos, los lugares, son los rasgos que constituyen al yo para siempre. Acento de visión primera, casi bíblico; relato como lo arroja el recuerdo: objetos que resplandecen, ocupando el horizonte completo, pero aún sin comprender; lagunas enormes de olvido. Aquí está el nacimiento del miedo y la tristeza, del silencio, de la escisión íntima, de la monotonía y el conocimiento de la inutilidad de cualquier cambio, la retracción y la amistad de los obreros.

Así pues, en esta parte de *Lápidas*, Gamoneda hace un inventario de los mitos fundamentales que sostienen su poesía, reconstruyendo sus espacios matrices y su iluminación única. Lo que Pavese ha explicado acerca de la imbricación entre infancia y mito encuentra aquí un desarrollo singular:

> El concebir mítico de la infancia es, en definitiva, un elevar a la esfera de acontecimientos únicos y absolutos las sucesivas revelaciones de las cosas, por medio de las cuales éstas vibran en la conciencia como esquemas normativos de la imaginación afectiva. Así, cada uno de nosotros posee una mitología personal que da valor, un valor absoluto, a su mundo más remoto, y reviste las pobres cosas del pasado con una luz ambigua y seductora donde, como en un símbolo, parece reunirse el sentido de toda la vida[30] [...] *Mítico* llamamos a este estado auroral; y *mitos* a las distintas imágenes que relampaguean, siempre las mismas para cada uno de nosotros, en el fondo de la conciencia[31].

El deseo lo carga todo de sentido, otorga su tensión a la at-

---

[29] Mismo sitio.
[30] Cesare Pavese, «Del mito, del símbolo y de otras cosas», en *El oficio de poeta*, Buenos Aires, Nueva Visión, 1970.
[31] Cesare Pavese, «El mito», en *El oficio de poeta*, ed. cit.

mósfera, su intensidad a las sensaciones y se presenta incluso como el origen que las produce implantándolas en la realidad. Ese relámpago se imprime sobre el contexto de conciencia dormida, la duermevela vegetal que es también la infancia; cae sobre ella como pinchazos agudos sobre un panel de corcho y en él queda prendido. El personaje desarrolla su vida, mientras ese espacio de sueño lo preexiste, lo acompaña y lo sucederá.

Y también la infancia es aprendizaje de la vejez, pues éste viene dado por las formas del recuerdo. Hay un momento en que ahora dice «es el paisaje de la infancia», donde en *Lapidario incompleto* decía «de la muerte», como confesando una equivalencia, pues añadirá en seguida que la muerte es «el olor incorporado a mí espíritu en los accesos de la edad»; ésta es la experiencia que hilvana, por encima de las demás, toda una trayectoria y donde va a desembocar por fin *Lápidas*.

En efecto, ya desde la advertencia inicial, el espacio del texto es el envejecimiento y la edad es su motivo constante. A lo largo de las páginas, el tiempo ha adquirido el carácter de hilo conductor; ahora se recogerán los cabos sueltos que ha ido dejando. Pues en realidad había asomado su huella en los recorridos anteriores, por ejemplo en la imagen de los espejos, donde este final ya se conocía: «En los espejos, los agonizantes estaban dentro de tus ojos.»

Se recogen así los hilos del miedo que, embalsado en el dique del final, anega la vida. «El escultor del miedo hunde sus manos en el silencio y reduce sus formas a la amargura de los héroes»: el miedo es el hundimiento de las creencias y los códigos morales en un pozo de tristeza, el desamparo de la retracción interior, la contemplación de la vida sin la coartada de ninguna verdad. Pero también es el miedo de la niñez, el que preexiste a cualquier conocimiento. Ahora los dos hilos, los dos miedos, se anudan.

La continua lucha interna opone, en esta parte, la memoria y la muerte. El estado es el cansancio y se quisiera el abandono: «Siéntate ya a contemplar la muerte.» Pero el recuerdo es casi lo único que insiste en permanecer —«la imprecisión temblorosa de quien es más débil que sus recuerdos»— y constantemente se agita, aunque, en esta atmósfera vacía, también la memoria, apolillándose en su carga de tiempo, resulta fúnebre.

La vejez es la fórmula de esta escisión, la más terrible por su carácter límite, entre lo que todavía dura y lo que está dejando de ser (de nuevo, el fondo barroco, como el final de *La tierra y los labios*); nutre nuevos símbolos para expresar su mundo, sencillos y de delgadez hiriente: el gavilán, el cordel, las cucharas; presencia el derrumbamiento de todas las categorías establecidas en la obra: «No hay memoria ni olvido y el error es la única existencia». El corazón está seducido por la muerte y se encierra en el anhelo único de su venida; aunque ya ha arrumbado toda coartada, todos los paños calientes, y la aborda con desnudez crudísima: «Cadáver que duermes esta noche en mis párpados, ten salud.»

Hilo conductor, anudamiento de hilos, se ha dicho; pero no sólo para *Lápidas*, sino tal vez para toda la obra de Gamoneda. «La astucia del escritor es siempre una: pone a hervir las palabras y ésta es su forma de dar coba a la muerte»[32]. La diversidad de *Lápidas* se reduce aquí y también en el cauce de la mirada, cuyo discurso recorre un solo movimiento. Siempre hay alguien que mira y cuenta el reflejo de su percepción en los objetos y en él se reconoce. El espectador se encuentra, pese a su frecuente voluntad contraria, con que el espectáculo le descubre quién es él mismo, igual que en los días de la infancia. Al final, el individuo halla el reflejo que le devuelven los conceptos: la edad, la muerte... y se sitúa en el punto más próximo a su intervención personal directa en el texto. Hasta el término, sin embargo, seguirá dominando aquel tipo de conocimiento tan indirecto como revelador.

Entre pequeños fragmentos de acción, *Lápidas* es la historia de una mirada, un itinerario a través de espejos donde puede verse retratado a quien mira, sin necesidad de que él se nombre ni interfiera el fluir natural de las cosas.

---

[32] Antonio Gamoneda, Nota previa a «Relación de Don Sotero», en *Los Cuadernos del Norte*, núm. 31, mayo-junio de 1985.

IV.7.2. El planteamiento rítmico de *Lápidas* se caracteriza por su versatilidad: se mantiene un versículo similar al de *Descripción de la mentira*, aunque con frecuencia de menor longitud, y al tiempo se vuelve al verso: ritmos impares, lectura áspera y rotunda, regreso del encabalgamiento alguna vez. Ambas formas se mezclan en ocasiones en que el versículo inicial parece ir desgastándose, perdiendo adherencias, hasta depositarse en el verso.

Pero son las tiradas de prosa las que presentan mayor interés, especialmente las de la parte tercera por su carácter de «traducción» desde un texto originario más o menos calificable de narrativo; esta prosa, dice Gamoneda, «aparece duramente reconvertida a la especie poemática, de la que quizá no debió salir nunca».

De esta reconversión, que constituye un experimento insólito merecedor de un estudio mucho más detallado, podría decirse que realiza el tránsito entre dos textos de la naturaleza de los que aquí contrapone Octavio Paz:

> Mientras el poema se presenta como un orden cerrado, la prosa tiende a manifestarse como una construcción abierta y lineal [...]. Relato o discurso, historia o demostración, la prosa es un desfile, una verdadera teoría de ideas o de hechos [...]. El poema, por el contrario, se ofrece como un círculo o una esfera: algo que se cierra sobre sí mismo, universo autosuficiente y en el cual el fin es también un principio que vuelve, se repite y se recrea. Y esta constante repetición y recreación no es sino ritmo, marea que va y viene, cae y se levanta[33].

Quizá donde dice prosa, podría decirse *Lapidario incompleto;* donde dice poema, la versión traducida de *Lápidas.*

Sin embargo, los retoques parecen a primera vista mínimos. Se suprimen numerosos nombres de lugares, buscando una esencialización. Hay una cierta elipsis, que tiende sobre todo a dejar los datos y eliminar las explicaciones; ciertos fundidos de

---

[33] Octavio Paz, *El arco y la lira,* ed. cit.

palabras, eludiendo puentes para la atribución o el movimiento, saltando etapas verbales de esos procesos o convirtiendo lo descriptivo en metafórico. En general, la acción de nombrar se distrae menos en las circunstancias, adquiere más condensación, más vigor.

Además de lo dicho hasta aquí, *Lápidas* podría ser contemplado como un amplio inventario de la voz poética de Antonio Gamoneda; en sus textos se profundizan los hallazgos de *Descripción de la mentira*, se cimentan también al mostrar algunos estadios anteriores en el proceso de evolución del poeta, y se propone por fin una serie de vías abiertas para su desbordamiento en nuevas formas de ese edificio verbal.

El mismo tejido de imágenes y sentencias constituye el cuerpo lingüístico de *Lápidas,* pero aquí una tendencia creciente a la claridad y la depuración de los procedimientos facilita su estudio; al comprenderlo mejor, se comprende mejor también *Descripción de la mentira,* como si ahora estuvieran muchas de sus imágenes desnudas o mostrando sin lonas precautorias los andamios que contribuyeron a su construcción. Y, al tiempo, la imagen conserva su fondo irreductible que impediría, en sentido estricto, hablar de ella como un elemento combinatorio del lenguaje de Gamoneda. La imagen es siempre todo, mundo completo; imagen a imagen se cuenta cada vez la historia del poema, del libro, de la obra.

Por eso, los símbolos y los adjetivos emblemáticos atraviesan las páginas, intercambiables en apariencia, pero siempre distintos. Las aportaciones de los cinco sentidos corporales intervienen para constituirlos («el olor de la muerte», «el crujido de las tarimas», «los hierros cuyo frío no cesará en mi rostro»), en una degustación demorada donde vida y lenguaje son la misma cosa: «Siento la espesura fluvial: se manifiesta en sílabas lentísimas.»

Es ejemplar lo que *Lápidas* indica acerca del proceso de formación de esta imagen peculiar de Gamoneda. Así, el papel que desempeñan las palabras interpuestas para fomentar la ambigüedad o, sobre todo, para afianzar el valor simbólico de la imagen. «Lienzos retorcidos en exceso por manos encendidas en la lejía y la desesperación»: se describe un gesto cotidiano y, por medio del añadido del término abstracto, aquél se convierte en símbolo general de toda una situación. O en el poema que comienza «Pregones atravesando esteras», donde tras enumerar en estilo nominal una sucesión impresionista de objetos, éstos, filtrados por la experiencia del personaje, llegan a hacerse imágenes de sensaciones y desembocan en una categoría absoluta, la tristeza; pero a su vez la tristeza, después del signo de los dos puntos, se explica así: «pan y miel»; ahora ya símbolos cargadísimos los sencillos alimentos de merienda.

Un último ejemplo del mecanismo de estas imágenes puede tomarse de una tan característica como: «blancos en la demencia como los ojos de los asnos en el instante de la muerte». Se superpone la materia sensorial y las cualidades que, siendo tan concretas, rozan el límite de lo abstracto; el cuadro es muy plástico, pero totalmente extrañador (asnos-demencia; blancos-demencia), se va de la realidad, la eleva a nivel de mito por la mezcla de niveles, la situación límite presentada y la potencia generadora de sentido: demencia y muerte equivalentes, al ser vistas en la distancia e inexpresividad de lo animal.

Ahí se revela la virtualidad profunda de la imagen de Gamoneda: ninguno de sus símbolos y visiones es intransitivo, ni se agota en las sensaciones y lecturas que despierta; se abre para seguir indefinidamente produciendo metamorfosis en las palabras y las cosas. En el símbolo anida siempre un mito irreductible que subvierte lo cotidiano, mostrando los bordes no tocados de la vida, como en la descripción de los puestos del mercado: «Bellos son los cadáveres azules».

Si el contenido aparente de la imagen es desbordado, suele deberse a que sus componentes funcionan de un modo simultáneo en varios niveles distintos de sentido. «De las carbonerías, la pobreza asciende a los edificios aptos para la proclamación del suicidio [...]. Es la pasión de las inmobiliarias»: el hábitat rural es desplazado por la especulación del suelo, los nuevos bloques en que se hacinan los habitantes de los barrios humildes no mejoran sus condiciones de vida, pero los edificios alcanzan una altura suficiente para suicidarse arrojándose desde ellos. La descripción, sobre una base metonímica, deja de serlo para hacerse atmósfera: el vaciamiento de la existencia, la desesperación; toda la imagen física es el nuevo significante para algo muy distinto que resulta, sin embargo, el corazón de la vida que se quería contar.

Y, en efecto, quizá sea un recurso tan simple como la metonimia el articulador principal de esa conducta de traslación de sentidos, y su uso sistemático uno de los rasgos más peculiares de la escritura de Gamoneda. «La blancura obsede en círculos. Tiembla en las campanillas y en las dalmáticas de los ancianos.» Los ancianos blancos. El dato que teóricamente era lo sustantivo se silencia para dejar ver lo que en la realidad, fuera de condiciones culturales, es sustantivo; una estrategia de reticencia hace posible el conocimiento. Así, la imagen resulta de la omisión de algún elemento, no de la sustitución semántica, vinculada a la metáfora, pues

> la alteración de sentido operada por la metonimia queda explicada por una alteración de referencia entre dos objetos ligados por una relación extralingüística, puesta de manifiesto por una experiencia común[34].

Sin embargo, explica Jakobson, puede producirse una exacerbación del procedimiento, como llega a ocurrir con frecuencia en Gamoneda, se trataría en esos casos de

> proyecciones de la línea del contexto habitual sobre la línea de sustitución y selección: un signo que suele aparecer junto a otro puede usarse en lugar de este último[35],

es decir, una palabra asociada metonímicamente hace las veces de una metáfora, opera un «tránsito de la semejanza a contigüidad»[36].

Le Guern se preocupa de enumerar posibles motivaciones estilísticas de tal uso: búsqueda de una expresión más concisa,

---

[34] Michel Le Guern, *La metáfora y la metonimia*, Madrid, Cátedra, 1976.
[35] Roman Jakobson, «Dos aspectos del lenguaje y dos tipos de trastornos afásicos», en *Fundamentos del lenguaje*, Madrid, Ayuso, 1974.
[36] Mismo sitio.

intensificación de la función afectiva a través de la mayor energía posible en la palabra. Para él, «no hay nada más contrario a la estética realista que la acumulación de metonimias de la abstracción»[37], tan frecuentes en Gamoneda. Y añade también que «la metonimia proporciona el medio de aproximar elementos distintos mediante un movimiento unificador», cosa que ya ha podido comprobarse como columna vertebral de esta escritura.

Dado que se trata de un terreno radicalmente subjetivo, es peligrosa toda generalización de sentido para un rasgo de estilo. Así, Jakobson, por el contrario, estimaba que la metonimia se vincula más al realismo que la metáfora. Es difícil un pronunciamiento al respecto en lo que se refiere al lenguaje de Gamoneda, aunque tal vez cabría relacionar con este problema (raíz realista o no del mecanismo) una opinión crítica del poeta, a propósito de otro autor:

> Había asumido el signo, pero lo había hecho a través de una pasión y una sensibilidad realistas: el signo era indiscernible de una modulación carnal, de una aquiescencia con la naturaleza. [...] Esta contradicción no es privativa de él: todo arte va hacia «una realidad» bajo condiciones de irrealidad[38].

Se ha citado antes la sensación de claridad que emana de *Lápidas*. Así, en el poema «Ávida vena, dame tu cordel», la cifra muy elaborada y la nitidez del sentido coinciden en el estremecimiento del lector. Pero muchas veces es difícil entender esta impresión de transparencia, porque grandes zonas son aún más herméticas que *Descripción de la mentira*. De la sencillez y la rotundidad surgen también figuras ingentes y misteriosas, que arrojan sombra sobre las demás: «Hierves en la erección, dama amarilla»: un enigma, cuya fuerza hace que cada lector tenga un nombre, una respuesta para él, que lo sienta con intensidad, aunque sin atreverse a pronunciarlo.

Aceptada esta contradicción, tal vez aquella claridad que se

---

[37] Michel Le Guern, lug. cit.
[38] «Lectura parcial de José María Navascués», lug. cit.

percibía derive de la creciente depuración de los procedimientos que ya se encontraban en *Descripción de la mentira,* de su desnudez ya señalada, y del esbozo de nuevas líneas de lenguaje que apuntan en el mismo sentido.

En muchos textos, la imagen peculiar de Gamoneda aparece como en estado puro, con todos los ingredientes en un alto grado de condensación, embarcados en el difícil desafío de despojarse hasta el límite y seguir siendo. Imagen y sentencia se simplifican, recortan su longitud, y tienden ambos modos a integrarse sin seguir un esquema o una lógica fija, su peso depende de la pulsión de cada momento. Tal vez en ocasiones parece que, al reducirse todo, todo es sentencia, como si este lenguaje, completamente directo a veces, reuniera los dos y se quedara solo.

Esa es una de las vías abiertas en *Lápidas,* presente de modo especial en la última parte del libro; pero hay otra más, que llevaría también a la transformación de la imagen, a través de varias fases. El poema «Los jueves por la tarde» presenta una serie de elementos que pertenecen a una descripción realista (moras, ortigas), pero tienen una segunda lectura como constituyentes de la personalidad del yo, mediante la experiencia, y una tercera como símbolos; los tres niveles coexisten sin recortar entre sí la plena vigencia de cada uno. En otros casos, datos del mismo tipo están presentados de modo explícito como producto directo de la percepción de la vista y los demás sentidos, y no como elaboración de la voz poética.

Este procedimiento cuaja de manera especial sobre todo en los textos iniciales del apartado III. En ellos se describe un paisaje o escena, rotundo y nítido; según avanza la descripción se va convirtiendo en la imagen que cuenta al personaje. Sólo hay un relato escueto que alcanza significado como fragmento constituyente de la vida y puede transmitirse así con su emoción entera, los objetos están ahí; no son «imágenes literarias», son presencias; aparecen por un mecanismo de revelación ante la mirada, no a través de otra forma de elaboración o conocimiento. De nuevo, por este lado, *Lápidas* como la historia de una mirada.

Aquí concluye esta propuesta para una lectura de *Edad*. Libro por libro, sin pretender un itinerario único, explícitamente único, para toda la obra. Aquí, de nuevo en los poemas de Gamoneda, comienza el irremplazable cometido del lector, su viaje personal.

Valladolid, julio de 1987.

Nota a la sexta edición

Edad se publicó por primera vez en 1987, dentro de la colección Letras Hispánicas. En esa su primera edición, *Edad* recibió el Premio Nacional de Poesía de 1988.

Para esta reimpresión, se actualizan la Noticia biográfica y la Bibliografía. Antonio Gamoneda ha hecho también modificaciones en una decena de poemas.

Noticia biográfica

Antonio Gamoneda nace en Oviedo en 1931. Su padre (un poeta modernista, sepultado en la memoria provinciana, cuyos versos —un único y extenso libro[1]— fueron, probablemente, la primera lectura poética del hijo) muere en 1932. Traslado a León, con la madre, en 1934. En esta ciudad, donde sigue residiendo, vivió en el extrarradio obrero hasta 1940; allí, la represión derivada de la guerra del 36 era, en ocasiones, visible en la calle. Gamoneda dice que, en estos años de infancia, «la vida cursó unida a una constante referencia a la muerte»: la desaparición del padre, la circunstancia civil...

En 1941 comienza a recibir instrucción gratuita en un colegio religioso, que abandona en 1943. En 1945 es recadero de una oficina bancaria en la que siguió trabajando veinticuatro años. Desde los últimos de la década de los 40 hasta casi mediados los 60, sobre situaciones propias de los que, entonces, se solía llamar «compañeros de viaje», acumuló experiencias que pudieron ser excesivas: la desaparición física o moral («suicidios, accidentes, locura, envilecimiento o desaparición a secas») de la mayor parte de sus amigos.

Desde el «exterior», mantuvo una cierta relación colaboradora con los grupos de *Espadaña* y *Claraboya*. En 1969 le fue encomendada la puesta en marcha y seguimiento de los servicios culturales de la Administración provincial, tarea que hubo de abandonar ocho años después en virtud de sentencia judicial. En aquellos años creó y dirigió, dentro de su trabajo, la

---

[1] *Otra más alta vida*, Antonio Gamoneda, Madrid, Imprenta Helénica, 1919.

colección «Provincia» de poesía, hasta, más o menos, su primer medio centenar de títulos.

En los años 70 y primera mitad de los 80, practicó con abundancia —y con posterior «abjuración»— la literatura de interpretación de las artes plásticas.

En la actualidad, dirige la Fundación Sierra Pambley, creada, en 1887, por Francisco Giner de los Ríos, Gumersindo de Azcárate y Manuel Bartolomé Cossío como una proyección de la Institución Libre de Enseñanza, adaptada a las necesidades educativas de campesinos y obreros.

Está casado y tiene tres hijas y una nieta.

En 1985 le fue otorgado el Premio Castilla y León de las Letras. En 1988 recibió el Premio Nacional de Poesía por la primera edición de *Edad*. Fue nominado al Premio Europa en 1993.

Algunos de los entrecomillados que figuran en esta Noticia no se corresponden con hechos objetivamente verificables, sino con expresiones del propio Gamoneda que conciernen a una realidad predominantemente subjetiva. Parece razonable que estos datos biográficos *no verificables* sean también tenidos en cuenta ante la lectura de su poesía.

Bibliografía

OBRAS DE ANTONIO GAMONEDA

Sublevación inmóvil, Madrid, Rialp, Col. Adonais, 1960.
Descripción de la mentira, León, Fundación Bernardino de Sahagún, Col. Provincia, 1977, y Valladolid, Junta de Castilla y León, Col. Barrio de Maravillas, 1986.
León de la mirada, León, Espadaña, 1979, y Madrid, Breviarios de la calle del Pez, 1990.
Blues castellano, Gijón, Noega, Col. Aeda, 1982, y Barcelona, Plaza y Janés, 1999.
Lápidas, Madrid, Trieste, 1987. Ed. francesa: *Pierres gravées,* trad. Jacques Ancet, París, Lettres Vives, 1996.
Libro del frío, Madrid, Siruela, Col. Libros del Tiempo, 1992. Ed. francesa: *Livre du froid*, trad. Martine Joulia y Jean-Yves Bériou, París, Antoine Soriano, 1996. Ed. portuguesa: *Livro do frio*, trad. José Bento, Lisboa, Assirio & Alvim, 1999.
Mortal 1936, Mérida, Asamblea de Extremadura, 1994.
El vigilante de la nieve, Lanzarote, Fundación César Manrique, Col. Péñola Blanca, 1995.
Libro de los venenos (Transcreación poética de la *Materia médica* de Dioscórides y Andrés Laguna), Madrid, Siruela, Col. La Biblioteca Sumergida, 1995, y Siruela/Bolsillo, 1997.
El cuerpo de los símbolos (Memoria, poética, ensayo), Madrid, Huerga & Fierro, Col. La Rama Dorada, 1997.
Substances, limites, trad. Jacques Ancet, Toulouse, Le grand os, 1997.
¿Tú? (en colaboración con Antoni Tàpies), Ed. T/Antonio Machón, Barcelona-Madrid, 1998. Ed. francesa: *Froid de limites,* trad. Jacques Ancet, París, Lettres Vives, 2000.
Sólo luz (antología 1947-1998), Valladolid, Junta de Castilla y León, Col. Barrio de Maravillas, 2000.

Obras sobre Antonio Gamoneda

ALONSO, Santos, *Literatura leonesa actual,* Valladolid, Junta de Castilla y León, 1986.
ANCET, Jacques, «L'empire intermédiaire», en *Pierres gravées,* París, Lettres Vives, 1996
BALCELLS, José María, *De Jorge Guillén a Antonio Gamoneda,* León, Universidad de León, 1999.
CASADO, Miguel, *Esto era y no era,* Valladolid, Ámbito, 1985.
— *De los ojos ajenos,* Valladolid, Junta de Castilla y León, 1999.
DIEGO, José Manuel, «Antonio Gamoneda, el valor de la marginalidad», *Ínsula,* 543, Madrid, 1992.
ESCAPA, Ernesto, «Crónica de un estrago moral», *Informaciones,* Madrid, 5 de octubre de 1978.
FERNÁNDEZ REBOIDAS, Ramón, «Terra venduta» (entrevista), *Lettera Internazionale,* 18, Roma, 1988.
FRAYSSINET, Claude de, *Anthologie de la poesie espagnole,* Actes Sud/Unesco, 1995.
GARCÍA DE LA CONCHA, Víctor, «*Libro del frío*», *ABC Cultural,* Madrid, 6 de noviembre de 1992.
LÓPEZ CASTRO, Armando, *Voces y memoria,* Valladolid, Junta de Castilla y León, 1999.
MARTÍNEZ GARCÍA, Francisco, *Historia de la literatura leonesa,* León, Everest, 1982.
— *Gamoneda. Una poética temporalizada en el espacio leonés,* León, Universidad de León, 1991.
MARTÍNEZ RUIZ, Florencio, «*Lápidas*», *ABC,* Madrid, 30 de mayo de 1987.
MOLINA, César Antonio, «Dos visiones épicas de lo contemporáneo», *Camp de l'Arpa,* 84-85, Barcelona, 1981.
— «Escribir es una tarea alquímica» (entrevista), *Diario 16,* «Culturas», Madrid, 18 de junio de 1988.
PRIETO DE PAULA, Ángel Luis, *Poetas españoles de los 50: antología,* Madrid, Colegio de España, 1994.
RODRÍGUEZ, Ildefonso, «La libertad blanca de Antonio Gamoneda», *Delibros,* 58, Madrid, 1993.
— «Azogue, sangre, leche, alacrán: El libro de lo incierto», *Espacio/ Espaço escrito,* 13-14, Badajoz, 1997.
SAN GEROTEO, R., «Antonio Gamoneda» (texto y entrevista), *Noire et blanche,* Charleville, 1995.
SANTOS, Dámaso, «Gamoneda y su cítara bíblica», *Pueblo,* Madrid, 25 de enero de 1978.

SUÑÉN, Juan Carlos, «Huellas sobre la nieve», *El Crítico*, 16, Madrid, 1992.
— «Modernidad practicable: Filología y Re-significación», *Ínsula*, 593, Madrid, 1996.
VALVERDE, Álvaro, «La poesía de Antonio Gamoneda. Una lectura», *Cuadernos Hispanoamericanos*, 522, Madrid, 1993.
VV. AA., *Un ángel más*, 2, Valladolid, 1987.
— *Antonio Gamoneda*, Madrid, Calambur, Col. Los solitarios y sus amigos, 1993.
— *Riff Raff*, 11, Zaragoza, 1999.
— *A Phala*, 75, Lisboa, 1999.
— *Collection de l'Umbo*, 4, París, 1999.
— *Rencontres avec Antonio Gamoneda*, Pau, Atelier Poésie Léo Lagrange, 2000.
VILAS, Manuel, «Antonio Gamoneda», en Santos Sanz Villanueva (coord.), *Historia y crítica de la literatura española*, vol. 8/1, Barcelona, Crítica, 1999.

Edad

(Poesía 1947-1986)

ADVERTENCIAS

Edad recoge poemas escritos desde 1947 hasta 1986. En una tercera parte —puede que en algo menos— son poemas inéditos y necesarios, creo. El conjunto queda articulado en siete grupos. Cinco de ellos podrían corresponderse con libros publicados, pero una voluntad de coherencia que también tiene que ver con impulsos irreflexivos, ha originado un complicado comercio de grupos y libros entre sí.

Los «primeros poemas» son más y menos que los que componían *La tierra y los labios,* una *plaquette* cuya publicación se inició y frustró en 1949 ó 1950. Todos estos «primeros poemas» (el bloque de sobrevivientes) se amparan en aquel título por la simple razón de que, a estas alturas, no veo demasiadas diferencias entre los incluidos y los excluidos del virginal cuadernillo.

Los «segundos» poemas son los de *Sublevación inmóvil,* pero este grupo, aun conservando aquel título, no es exactamente el libro publicado en 1960: pierde (para siempre, creo) dos poemas; gana cuatro, salidos de no se sabe dónde, y transfiere tres al grupo siguiente.

El «grupo siguiente» *(Exentos, I)* podría considerarse totalmente integrado por inéditos si no fuera por los transferidos que digo. Es coetáneo de la escritura de *Sublevación,* pero a mí me parece que contiene un sesgo en el sentido que va a manifestarse en el cuarto grupo, en el *Blues.*

Blues castellano se coloca aquí en el orden de su cronología verdadera. No lo estuvo en el día de la publicación unitaria, demorada no menos de quince años por razones que ya no importan. Este grupo gana un «blues» (rescatado más por su verdad «histórica» que por sus méritos literarios) y me parece que no pierde ningún poema, aunque sí algún fragmento.

En el quinto bloque *(Exentos II,* presentado aquí con el colgante de un epígrafe que dice «Pasión de la mirada») hay algo de trampa: algunos poemas sí estaban en un libro que se publicó provisto de un título que sonaba casi igual; otros, los más, no estuvieron nunca en libro ni en ningún otro soporte de letra impresa, y su reunión, quince o veinte años después de haberlos escrito por primera vez (aprovecho para declarar que, con la excepción del texto de *Descripción de la mentira,* es decir, del bloque número seis de *Edad,* que sólo ha perdido una línea, hay poemas escritos por segunda, por tercera, por etcétera vez), su reunión, digo, la simpatía que me ha parecido encontrar entre ellos, me deja relativamente conforme aunque absolutamente confuso; advertir que *la mirada* tiene algo de nexo o de subtema no explica su conjuntación, pero el hecho es que ésta se ha producido. Parte de estos poemas debió escribirse en tiempo del *Blues* (y en contradicción con el *Blues),* y parte en los tres o cuatro años siguientes. Puede que alguna pieza sea posterior, pero la verdad es que, cuando yo escribí la *Descripción,* salía de un largo silencio. (En el texto se habla de «quinientas semanas»; es una exageración que no creía serlo: yo había olvidado estos *Exentos).*

De *Descripción de la mentira* he anotado ya alguna cosa y poco tengo que añadir, salvo que se escribió de corrido en poco más de un año. De este libro o poema suelo yo argüir algo que, por insignificante, no me parece intrusión ni broza en el libre ejercicio del lector, sea éste crítico o no; digo, me gusta decir, que es un «canto de perplejidad». No sé bien por qué, pero lo digo.

Finalmente, *Lápidas,* escrito a lo largo de, casi, los últimos diez años y publicado no hace mucho, lleva, después de los textos poemáticos, unos que hubieran sido avisos si los hubiera colocado por delante, pero que, de cualquier manera, liberan a este párrafo de prolijidades.

Edad, su preparación, ha sido circunstancia aprovechada para destruir y ocultar poemas. En ninguno de los dos casos se experimenta gran felicidad.

Hubo textos (bastantes, ya lo he dicho) que repitieron su escritura; algunos de éstos, como hace el escultor en el bloque de peña, he tenido que sacarlos de otros en cuyo interior permanecían ignorados hasta por mí mismo.

T. S. Eliot dice, más o menos, que, en toda formación poética habita «una métrica». Voy de acuerdo, y ésta ha sido una de las pautas judiciales aplicadas en la conjuntación de *Edad*. También yo, aunque más modesta, tengo mi proposición de «fatalidad» poética, que, también más o menos, vendría a decir así: *en toda poética está implicada «una retórica»*. De ahí que, en *Edad*, hayan sido conservados poemas en los que la retórica resulta, incluso, evidente. Contrariamente —es otro problema—, de *Edad* he intentado eliminar cuanto, afortunado o desafortunado, me pareció mero «ejercicio de estilo» o simple «efusión» (abunda mucho la efusión en los calendarios de la juventud), aunque algo habrá quedado de lo uno y de lo otro.

Con estas dudas, me declaro provisionalmente responsable de lo que aquí se publica.

Carrizo de la Ribera, 30 de diciembre de 1986.

I

PRIMEROS POEMAS
La tierra y los labios
(1947-1953)

Te beberé el cabello
y cerraré los ojos.

Tú seguirás manando
tu cabello
turbio de besos.

1947

La tarde, sobre mis hombros,
tiene el color de tus brazos.

Yo te traeré las sombras
en el hueco de mis manos,

Una corona de sombra
me harás sobre tu regazo.

Yo te apagaré la tarde
con la nieve de mis labios.

Se hará de noche en tus ojos;
en la oscuridad del llanto.

1947

El gran viento de la noche
entra, lento, en los trigales.

Deja tu mano en la mía
que son nuestros esponsales.

Te tomo porque mi pena
tiene el color de tus ojos;

porque mi pan es moreno
como tu carne.

1947

No llores, que aún tienes
el viento y la distancia.

El amor es el viento. Sin remedio,
el abismo se asoma a tu mirada.

Es cierto que me nublas la garganta
con tu llanto y tu mano lejanísima.

Aún no llores: en el aire bebes
el olor a tristeza de mis manos.

1947

Hay caminos de amargura
de mi boca a tus mejillas.
La desnudez de tus pechos
pone en mis manos ceniza.

Acaso entre tu mirada
y mi voz los muertos vibran.

1948

Mi amor es un pájaro muerto.
A mi espalda está la noche
y hay en mis sienes blancas huellas.

Quizá haya luz en mis lágrimas,
pero mi amor es una
avecilla desnuda, negra, fría.

1948

Como un monte en la espalda o una cuchilla
entre los dientes sin recuerdo, dádmela.
Dadme la noche sin sonrisa,
sin astros y sin manos adoradas.

Dadle hielo a este amor que se estremece
como un seno o un balido entre las manos.

Dadme lo que queráis; dadme esa piedra,
o ese pan, o esa estrella destruida.

1948

Si una rosa infinita me estallase en el pecho
y, al llegar el crepúsculo, floreciera en mis labios,
¿dejarías que fuese removiendo las sombras
—porque vives en sombras— con mis manos sedientas,
con caballos de insomnio galopando en mi frente,
a ponerla despacio en tus hombros nocturnos?

Si una rama de fuego me brotase en la lengua,
¿dejarías que fuese como un viento en la noche
—esa noche que tienes en tu voz y en tu casa—,
a decirte palabras en la espalda desnuda?

1949

La soledad entera se desnuda en tus ojos,
muchacha interminable de carne y amargura;
juraría que un muerto detenido te anida
y te cruza la sangre y, en la sangre, anochece.

Porque eres silenciosa y no tienes ni madre
y tus pechos sólo sirven para hacerme llorar;
porque yo soy de sombra y de distancia, el viento
sobre ti deposita un aroma de hombre.

Grandes besos amargos se mueren en mi boca;
no nacen a tus labios, enemiga nocturna.
Ahora es de noche y sufro. Te escribo oscuramente
la rabia enamorada que me late en los brazos.

1949

Te morirás de sombra anudada a mi cuerpo,
te ahogará mi casa entre sus brazos fríos,
beberás ríos nocturnos de mi vino y mi llanto,
comerás de mi pan, comerás de mi carne.

Reina de mi sangre, voluntad de amargura,
juventud derrotada por un reino de sombra,
te meces en mis brazos como un mar; incesante
como el mar, me nombras.

Aquí acaba tu cuerpo. Hay palabras oscuras
habitando tus ojos. Viene el silencio. Ahora
ya no tienes remedio; sólo tienes hondura,
soledad en mis brazos y la luz de mis dientes
como señal de amor en nuestra casa sola.

1949

Atravesó el silencio;
ya ha cuajado en sus labios el fulgor de una madre
y descubre caminos de azucena y de sombra.

Ha venido de noche. Atravesó el silencio.
Más allá de las ramas invisibles, ajeno
al rumor de la sangre, él estaba.

No nos dice qué llanto, qué palabra, qué viento;
en qué día, qué nieve, qué lejanas montañas,
ha cruzado a los muertos.

1949

No hemos tenido una voz que nos diga «mira»
y que Dios se nos abra en la garganta
como el ruiseñor sangriento de la luz;
no hemos tenido una mano que nos enseñe una lágrima,
pero siempre hemos tenido sueño
y aún tenemos mucho sueño goteándonos muerte
en los dientes y en los ojos.

Nosotros te decimos: «Ven, Dios, ven a mis labios,
ven a mis uñas y a mi sed». Mas tú
sólo eres verdad en el silencio.

1949

Arráncate la luz de la mirada.
Los ángeles del bien están hundidos.
Voluntades de nubes y de nidos
son la ceniza de la madrugada.

Arráncate la luz, que ya es llegada
la hora de los cielos descendidos,
y desgarra tus labios encendidos,
que está abajo la tierra enamorada.

Está abajo la tierra y, por metales,
lentos barcos de amor, vagan los muertos
y no lloran: cantan, horizontales.

Es la boca de Dios. Estremecida,
en la vieja pasión de los desiertos,
clama, abajo, caliente, por tu vida.

1949

Aquí hubo un amor, hubo una impura
floración de la sangre enamorada,
pero la sangre más desesperada
no tiene un fuego en que incendiar tu hondura.

Como un ángel te vas; como la oscura
juventud del dolor; como una espada
de amargura y de viento, derrotada
por el hierro y la sed de la ternura.

En ti acaba la noche, en tu ribera,
el agua amante y la pasión mordida,
y, en tu boca, mi boca verdadera.

Únicamente porque muere, canta
mi palabra desnuda y retorcida:
hacia ti, como un puño, se levanta.

1950

Es un hombre. Va solo por el campo.
Oye su corazón, cómo golpea,
y, de pronto, el hombre se detiene
y se pone a llorar sobre la tierra.

Juventud del dolor. Crece la savia
verde y amarga de la primavera.

Hacia el ocaso va. Un pájaro triste
canta entre las ramas negras.

Ya el hombre apenas llora. Se pregunta
por el sabor a muerto de su lengua.

1951

Junio, aquí estás, como un perro
cálido de suaves ojos.
Llegas y toda la tierra
se llena de luz y sueño.
También, igual que una calle
sola, bajo el mediodía,
de pronto en gritos se incendia;
igual, digo, que una calle
sin tiempo, loca de luz,
sola, suena acuchillada,
tu nombre, Junio, de perro
trabaja en mi corazón
y de repente comienza
la tempestad del recuerdo.

1952

¿Qué harás a estas horas con tus manos?
¿A qué materias estarás cercana?
A la desolación de tu ventana,
¿trae la oscuridad ruidos humanos?

Me ocurre como todos los veranos:
me crece el corazón, me da la gana.
¡Vivir tan duramente la semana
y ahora no poder! ¡Ah ciudadanos!

Son las once en la noche. A lo mejor
es más tarde en la vida. Yo no veo
ninguna solución. Todo es peor.

Y tú, reina mortal, ¿en qué cal viva
pondrás los ojos a dormir?
                              Paseo
como un perro; con sed, a la deriva.

1952

El mismo, como Dios, se mataría
un luchador en soledad. Por tanto,
que otra vida combata con la mía.

El que lucha prescinde de agonía.
(A la manera de los héroes, canto
una mezcla de muerte y alegría).

Si, al pronto, la belleza de una espada
aparece en la sangre, el combatiente
se derrama en la muerte silenciosa.

Si, de pronto, desciende tu mirada,
caeré sobre el mundo lentamente.
No de muerte, de amor quiero una fosa.

1953

Suena mi oscura juventud y suena
mi corazón extrañamente grave.
Es silencioso Dios. Yo no. Quién sabe
por qué esta y tanta cantidad de pena.

Parece que es dolor lo que me llena
hasta la altura de los ojos. Cabe
vida y muerte en mi voz, pero no hay llave
para abrir el amor; sólo hay cadena.

Lumbre lejana que me estás quemando
y no me dejas verte y no me tocas:
esto es un hombre, pero está llorando.

Sólo quiere vivir, pero en caliente.
Dime: ¿qué hago con las ganas locas
de ser agua en la sed, sed en la fuente?

1953

A ti, muchacha, que, de pronto, estrenas
la juventud caliente de la risa,
a ti te estoy diciendo: eres precisa
en cierta soledad, en ciertas venas.

Crece la muerte con la vida. Apenas
le llega al corazón alguna brisa,
pero tú crecerías más deprisa;
la alegría que tú desencadenas.

Préstame, amiga, préstame temprano
tus ojos y tus pechos. Duramente
por la boca te sale mucha vida.

Esta hora es feroz. Dame la mano;
alcánzame una muerte sonriente;
pon tus labios desnudos en mi herida.

1953

En vivo y en silencio. Atormentado,
a Dios me lo sacaron por los ojos.
Lo tenía la sangre con cerrojos,
sumergido en amor: Dios maniatado.

Ahora miro en mí por si han dejado
aunque no sea más que unos despojos:
el eco de una voz, los muros rojos,
el ámbito interior de un desollado.

Lo sacaron con luz; una mirada
fundió mi dulce condición de ciego
y me dejaron un extraño frío.

¡Cuánta luz, cuánto hielo, cuánta nada!
Ahora, donde Dios era de fuego,
donde hablaba el dolor, llora el vacío.

1953

II
Sublevación inmóvil
(1953-1959)

I

PROMETEO EN LA FRONTERA

I

Acaso estemos en igual tormento.
Un dios caído en el dolor es tanto
como el dolor si sobrepasa el llanto
y se levanta contra el firmamento.

Un dios inmóvil es un dios sediento
y a mí me cubren con el mismo manto.
Yo tengo sed y lo que yo levanto
es la impotencia de levantamiento.

Oh qué dura, feroz es la frontera
de la belleza y el dolor; ni un dios
puede cruzarla con su cuerpo puro.

Los dos estamos por igual manera
a hierro y sed de soledad, los dos
encadenados contra el mismo muro.

II

Y este don de morir, esta potencia
degolladora de dolor, ¿de dónde
viene a nosotros? ¿En qué dios se esconde
esta forma siniestra de clemencia?

Una sola divina descendencia
a esta zona de sombra corresponde.
Si tú hablas a un dios, cuando responde,
viene la muerte por correspondencia.

Si no fuera cobarde, si, más fuerte,
en un rayo pudiera por la boca
expulsar este miedo de la muerte,

como este inmortal encadenado
sería puro en el dolor. ¡Oh, roca,
mundo mío de sed, mundo olvidado!

OJOS

De vivir poco, de
un hombre contenido,
tenso hacia dentro, sólo
como el pájaro libres
quedan, puros, los ojos.

Luchadores, materia
prodigiosa del fuego
procedente y del llanto;
consistencia y penumbra
donde el ansia trabaja
hasta que el agua tensa
su contorno y, ya, queda
cristal vivo que, nunca,
no volverá a llorar.

En los ojos el ruido
del dolor se convierte
en música tan pura
que no se puede oír.

Lo primero que se ama
son los ojos: belleza
reunida mirándose.

Yo puse los ojos sobre
el mundo: mares, siglos
de sombra se elevaron.

De ahí, de mirar la vida
desde lo oscuro, viene
este amor invencible.

Alguien me está hablando
siempre de libertad.
El corazón pretende
vivir sobre la nieve
más alta de la tierra;
las manos en el fuego
sería hermoso, pero
nunca es posible: no
hay libertad.
Solamente, tan sólo,
libertad en los ojos:
invadir la belleza
y meterla en un hombre.

Al fin, dadme la mano,
mis ojos, unidad
de las aguas y el fuego,
intensidad que mira,
llanto, mundo callado
donde está luchando mi corazón por la belleza.

PÁJARO DEL MUNDO

Como un suave relámpago,
como sonreír entre la luz.
Cabeza de claro fuego,
oro vivo, pájaro del mundo,
tú te vas siempre. Dejas
dorado el aire, ríes,
huyes siempre veloz.

Oh sed, secreto del hombre.

Mundo de secano. Centro.
Atados con amor a él
esperamos la muerte.
Pero la belleza azul
cruza lejos. Se va.
¡Cuánta sed, cuánta sed!

Oh confusión de luz
y cabellos y risa:
queda. La vida es
dura y nuestra.
              Tú, Belleza,
baja a mi rostro, pon
en mis labios tu cuerpo.

INCANDESCENCIA Y RUINAS

I

Yo invoco la cabeza
más sagrada que exista
debajo de la nieve.

Mi corazón azul
canta purificado por el silencio.

II

Vándalo de pureza,
hostígame. Si hablas,
yo bajaré mis labios
hasta el agua salvaje.

De aquella gruta donde
abrasa la frescura,
ha de surgir un rey
sucio de profecías.

Oh corazón que ves
en toda oscuridad,
cuándo estaremos ciegos
en luz, cuándo hablarás,
habitante del fuego.

III

Un perro milagroso
come en mi corazón.

Ceremonia salvaje:
mi dolor se incorpora
al perro enamorado.

IV

En la cavidad que sabes,
suena una voz. Lengua fría,
tú, que silbas en la noche,
metal vivo de palabras,
dime, loco ruiseñor
del invierno, dime, tú,
que quizá participas
de una materia luminosa,
a quién anuncias ya
además de a la muerte.

V

Anticanto de amor,
quién te beberá, quién
pondrá la boca en esta
espuma prohibida.
Quién, qué dios, qué
enloquecidas alas
podrán venir, amar
aquí.

    Donde no hay nada.

NIEVE

Retrocede, combate
hacia atrás, corazón mío.
Cíñete al amor, queda
activo en cuerpos, en
materiales amantes.
Olvida la nieve, vive
con los tuyos, desciende
a la ternura. Este
es tu país.

¡Oh la sed, oh la sed!
¿Por qué este mismo fuego
me empuja hacia la nieve?

Subir, subir al agua
eterna donde viven
la claridad y el frío.

Un sueño:
          Cumbre inmóvil.
Nada y luz. Nadie, nadie.
Oh Dios, si sólo un pájaro
me visitase en esta
región de libertad...

Atrás, puros espacios,
belleza inhabitable.
Vuelva la sed a su
origen en el fuego.

SUBLEVACIÓN

Juro que la belleza
no proporciona dulces
sueños, sino el insomnio
purísimo del hielo,
la dura, indeclinable
materia del relámpago.

Hay que ser muy hombre para
soportar la belleza:
¿quién, desde el miedo, separa,
hace tumbas distintas
para el pan común y la
música extremada?

Ay de los fugitivos,
de los que tienen miedo
de sus propias entrañas.
Si una vez el silencio
les hablase, ¿sabrían
respirar la angustiosa
bruma de los espíritus?
¿Cantarían su propia
conversión al espectro?

Y aquellos otros, estos
miserables amados,
justificados por el dolor:

advertid que tan sólo
a los perros conviene
crecimiento de alarido.

Algo más puro aún
que el amor, debe
aquí ser cantado;
en cales vivas, en
materias atormentadas,
algo reclama curvas
de armonía. No es
la muerte. Este orden
invisible
       es
            la libertad.

La belleza no es
un lugar donde van
a parar los cobardes.
Toda belleza es
un derecho común
de los más hombres. La
evasión no concede
libertad. Sólo tiene
libertad quien la gana.

Solicito
una sublevación
de paz, una tormenta
inmóvil. Quiero, pido
que la belleza sea
fuerza y pan, alimento
y residencia del dolor.

Un mismo canto pide
la justicia y la
belleza.
       Sea la luz
un acto humano.

                        Se puede
morir
        por esta
libertad.

PAZ

Fuerte paz tengo
yo. Comba de fuego,
comba de hombre a la manera
de la tormenta inmóvil.

Dentro de mí creció
tanto la música, fue
tan intenso el combate,
que ahora estoy, como un mundo,
en el límite de la fuerza.

Si muriese, si, al pronto,
alguien me diese un
golpe en punta, una
cuchillada de libertad,
la luz se llenaría
de gritos puros y
rojo corazón desmenuzado.

(¡Ah los espacios con
ramos de fuego, lluvias
rojas y veloces, partes
de ira, trozos
de coraje; masa
libre y humana, sangre
convertida a la música!).

Pero no. Pero no. Dulce,
atormentada voz redonda
que mandas en mi con
las manos del mundo, no;
la fuerza que me das
no es para la muerte.

Ahora entiendo la edad
de la crecida, el río
salvaje del dolor:
alguien me alzaba a
esta curva del ansia.

Y, ahora, a la manera
de aquellos astros cuya
mutua tensión sostiene
en paz,
sucia de amor, poned
paz.

¡Ah fuerza de los hombres!

Propongo mi cabeza atormentada
por la sed y la tumba. Yo quería
despedir un sonido de alegría;
quizá sueno a materia desollada.

Me justifico en el dolor. No hay nada;
yo no encuentro en mis huesos cobardía.
En mi canto se invierte la agonía;
es un caso de luz incorporada.

Propongo mi cabeza por si hubiera
necesidad de soportar un rayo.
No hablo por mí solo. Digo, juro

que la belleza es necesaria. Muera
lo que deba morir; lo que me callo.
No toques, Dios, mi corazón impuro.

II

Si mis manos cogiesen tu cabeza
y yo mirase en ti tan hondamente
que te pudiera atravesar la frente,
poner los ojos sobre tu tristeza,

¡qué confidencia de naturaleza
—se me haría la vida transparente—
saber en ti, hallar súbitamente
origen de dolor a la belleza!

Y levantar con lentitud sagrada
mi corazón entonces y ponerlo
en esta ola de descubrimiento

a esperar que se cumpla tu mirada;
a ver el mundo resistir, a verlo
hacer banderas con el sufrimiento.

Si supiera de dónde tu cabeza
toma su gesto de torcaz amarga,
o supiera qué cinta es la más larga,
la de tu ansia o la de tu tristeza;

si yo viera de dónde tu belleza
coge su tensa, silenciosa carga,
o me dijesen qué pasión descarga
desde tus ojos su naturaleza,

oh, guardiana veloz, te entregaría
una parte de mí para quedarme
en unidad con lo que es más mío.

Aunque es la verdad que todavía
no sé de qué materia despojarme;
si de este dolor, si de este frío.

El encadenado ama.

Toda la sed, toda la
abrasada fijeza
—esta dura manera
de mirar el destino—
se juntan en el amor.
Es como si el dolor
se apretase en la herida.

De los cuerpos, quizá
con la excepción de Dios,
ninguno produce tanta
necesidad de fuego.

Reconoced, mirad
bajo los cabellos de mi amor
la materia mundial
por que luchamos.
     Ella
es hermosa.
     Yo subo
veloz a la esperanza.

Ella es hermosa. Se cumple
en los dos órdenes. Ved:
está viva y es bella.
Capaz para el dolor,
vibra en gestos de música.

CUELLO

Algo sostiene fuego.
Algo, claro y esbelto,
sostiene unos ojos, un
cabello preparado
con metales intensos.

Algo en su sitio, en
su ámbito de música,
el fugitivo tiempo
recibe, puro, y lo hace
tiempo eterno. Así, igual,
fuertes en belleza, obran
los mármoles antiguos.

Oh, fuste que vives, dime
con qué raíces tú,
tú, tan puro, te hundes
entre la sangre, cómo
subes a los cabellos,
a los abrasadores ojos
procedentes del tumultuoso corazón,
a la boca mojada y humana
sobre la que yo cantaría.

Si la belleza sostiene una cabeza
bien puede sostener el mundo.
Mezcla
poderosa es algo

amado y oscuro y
una columna de belleza,
de silenciosa luz.

Así este claro, alto
cuello intocable de
una muchacha cuyo
corazón cogería
con las manos, pondría
los labios en él, haría
alimento y destino.

MÚSICA DE CÁMARA

I

Si pudiera tener su nacimiento
en los ojos la música, sería
en los tuyos. El tiempo sonaría
a tensa oscuridad, a mundo lento.

Mezclas la luz en el cristal sediento
a intensidad y amor y sombra fría.
Todavía silencio, todavía
el sonido no tiene movimiento.

Pero llega un relámpago; se anudan
en los ojos lo bello y lo potente.
La fría sombra se convierte en fuego.

La belleza y el ansia se desnudan.
La música se eleva transparente.
Oh, sonido de amor, déjame ciego.

II

Yo, sin ojos, te miro transparente.
En la música estás, de ella has nacido;
de este grito de luz, de este sonido
a mundo amado luminosamente.

Y yo escucho después —agua creciente—
a la música en ti: todo el latido,
todo el pulso del aire convertido
a tu belleza, a tu perfil viviente.

Tumba y madre recíproca, del canto
orientas a tus venas la agonía,
y tus ojos asumen su potencia.

Oh prisión de la luz, después de tanto,
ya veo en el silencio: la armonía
es tu cuerpo, tu amada consistencia.

Como la tierra silenciosa espera
un labrador, apasionadamente,
así. Ya tengo el corazón caliente
de esperar bajo el sol a que Dios quiera.

A que quiera venir. Si Dios viniera,
si viniera Él aquí, si de repente...
¿Por qué pensaré en Dios tan dulcemente
cuando tengo en la vida quien me quiera?

Y me pongo a soñar, y se me llena
de sueño el corazón, y me parece
que cantan sobre mí. Pura, serena,

gira la tierra lenta del verano.
Desde la gana de vivir me crece
un ansia de llamar a Dios hermano.

III

Ir del signo a la cosa significada es profundizar en el mundo.

MALRAUX

III

PUEBLO

Eterno al sol, después de mucha
tierra deshabitada de pájaros,
surge un pueblo.

De la misma tierra sale
un pueblo elemental:
espacio, cielo
y una sublevación de los terrenos;
unidad de la fuerza
y el silencio del mundo.
Esto es un pueblo:
el dolor, el volumen,
la humedad de la arcilla,
levantados en orden
a la vida.

Hace un momento estaba
pensando en la belleza.
He aquí la tierra construida,
silencio edificado, corazones
amontonados por el amor.

MÚSICA

Advierto la más
pura fuerza. ¿Qué puede
ser más hermoso que
dar un orden al mundo?

Cantidades de tiempo
situando cantidades
de sonido, permiten
sobrepasar la muerte.

Trabajo eterno y
consistencia de fuego;
esto es la música. Tuvo,
como todas las cosas
puras y humanas, su
origen en el silencio.

El sonido viviente
nace del hondo amor,
de la unidad de nuestra
fuerza humana y
la común belleza sagrada.

Antigua, vieja es
la música, mas no
muere nunca; ved:
su materia aún es

alimento y combate,
aún mi corazón
necesita sus alas.

Eterna, eterna vive,
comunión invencible,
sangre de luz que une
a los antiguos muertos
con aquellos que van
a hacer mañana el mundo
más bello que el amor.

TÍMPANO ROMÁNICO

Heme aquí, enfrente
de piedras vivas, cabezas
cargadas con ansia, cuerpos:
un acto inmóvil de dolor.
(Oh relámpago:
gritos, manos, dejaron
aquí el dolor; estan son
piedras con dolor).

Un hombre en cruz, unos hombres
en gesto de siempre: manos
apretadas y amando.
Los vivos en piedra, nunca
abatidos declinan
su fuerza en movimiento.

Inmovilidad del acto puro,
a ti conviene mi corazón.
El amor nunca es
fuga de cabellos, risa
veloz entre la luz, sino
estar en amor, poder
contener su potencia.

Piedra ciega, fúndete
a lo interior de mis ojos;
que luchar sea tanto
como poder, mas no
atacar, matar, ir.

Actitud sin derrota,
fuerte quietud. Oh nada,
nada es igual a este
consistir en belleza,
nada como este puro
depositar el tiempo.

(FOR CHILDREN. BELA BARTOK)

Y, de la tierra, un pájaro,
a impulso de su canto,
pensativo se alza.

Oh tiempo milagroso:
ya no hay pájaro; lluvia,
cristal vivo, hacia arriba
crece.
      Mas la ternura
tiende su mano misteriosa.
Alguien —el mundo— dice
adiós, adiós, sin palabras.

Mi corazón sobre la música
se inclina en paz. Alguien dice
siempre adiós.
          La belleza
necesita silencio.

(DEUX FEMMES NUES ENLACÉES.
       PICASSO, 1906)

La suciedad está
creciendo hacia la belleza.

Vez abajo: material
ciego, trágico, roído,
cuajo triste de toda
sangre de desecho;
lodos sin tumba, grumos
miserables, esputos
de multitud cobarde.

Mas la miseria tiene
una fuerza: el dolor.

Color de perro y llanto,
de abajo a arriba, nace
desnuda una mujer;
impura como el mundo,
de abajo a arriba, negra,
roja en los muslos, siempre
distinta a la esperanza.

Mas, de pronto, hay un gesto
de paloma en el aire.
Oh, manos poderosas,

gracias por estos senos
humildes; ya dos pájaros
oscuros, dulces, cantan.

Más arriba, más alto,
vivos en la ternura,
los hombro temblarían
bajo un manto de música.

Más alto, más aún
—¡oh salvación!—, dorada,
una cabeza vive,
mira con ojos, piensa
dulcemente en el mundo.

(DIVERTIMENTO. BELA BARTOK)

Si, sangriento, un hijo desgajado,
recién vivo, cantase; si pudiera
una tumba cantar, echar afuera
el hervor germinal del enterrado;

si pudieran volver, cruzar a nado
el abismo y cantar; si existiera
el sonido del tiempo; si se oyera
cantar un día a los que no han cantado...

Oh razón inmortal de la belleza:
aunque sea colgada del espanto,
volver al hombre de donde ha salido.

Coge, Bela, mi pena y mi cabeza
por si hace falta en el metal del canto
compañía y dolor a tu sonido.

ALTAMIRA

Doy mis ojos a esta
tumba cargada de fuego.

En los tiempos antiguos
de la sangre, en el año,
apenas, del alma, nace
esta luz en el hombre.

Ya veis el arte puro,
cómo es fiel a la vida:
el pan vivo, la fuerza,
hablan en la belleza.

ADIÓS

Esta es la tierra, donde el sufrimiento
es la medida de los hombres. Dan
pena los condes con su fiel faisán
y los cobardes con su fiel lamento.

La belleza nos sirve de tormento
y la injusticia nos concede el pan.
Un día brindaréis por los que habrán
convertido el dolor en fundamento.

Los que vivimos para dar alcance
a tan inmensa luz que hoy no podría
un dios mirarla sin quedarse ciego,

aún tendremos que agotar el lance:
arrojar al silencio la agonía
como quien tira el corazón al fuego.

III
EXENTOS, I
(1959-1960)

Oír el corazón
en un silencio nuevo,
advertir el destino
donde estaba el deseo.

Oh verdadero amor,
qué sensación de tiempo
poseído, pensar
en el mundo y en ti
en sólo un pensamiento.

VERDAD

Teníais para uniros
únicamente kilómetros
de tierras rojas y un río
que desciende cada vez más despacio.

Pasaron treinta días.
Cambió el color de la tierra.
También creció la lentitud del río.

Ahora estás esperando
en medio del campo y sientes
la serenidad de los árboles
y la vibración de los pájaros.

Miras los montes, miras el aire
y se te representa la justicia de las cosas,
es decir,
la poesía de las cosas.

Y tú bien sabes por donde
tu compañera va a llegar,
por donde anda hacia ti,
de qué pueblo desciende.

Y, de pronto, la ves
sobre el camino: tiene
forma de juventud, parece

un chiquillo que, de pronto, ha adquirido
serenidad de madre.

Andas cien pasos
            Ya ves
cómo le tiemblan los extremos de la boca
porque te ama y porque tiene miedo.

Y ahora ya la has rodeado con tus brazos
y tocas la dura suavidad de los hombros
y trozos, frescos unos y abrasadores otros, de su cuerpo.

Y de pronto te das cuenta de que huele mucho
a ella misma y a mujer y a algo
desconocido aún, y lo respiras.

Entonces los dos os sentáis en la tierra
y pones la cabeza sobre su pecho
y la oyes vivir.

Te sentirás seguro en el mundo.
Habrás notado que no hay soledad pero que hay
algo más fuerte y más útil y hermoso.

Conocerás el destino
y crecerá tu paz al acercarse la noche
y al ir sabiendo que la vida es
una inmensa, profunda compañía.

Mi juventud, un rostro junto al mar
que no es mi rostro, pero su sonrisa
es mi sonrisa.

Mi juventud se extiende junto al mar
y yo me siento dulcemente olvidado.

Temo que mire demasiado tiempo
la belleza del agua y que ya quiera
cerrar los ojos y mirar en sí,
y que me encuentre dentro de sus ojos.

Existían tus manos.

Un día el mundo se quedó en silencio;
los árboles, arriba, eran hondos y majestuosos,
y nosotros sentíamos bajo nuestra piel
el movimiento de la tierra.

Tus manos fueron suaves en las mías
y sentí al tiempo la gravedad y la luz
y que vivías en mi corazón.

Todo era verdad bajo los árboles,
todo era verdad. Yo comprendía
todas las cosas como se comprende
un fruto con la boca, una luz con los ojos.

Fui ciego
como piedra de cripta hasta que un día
vi en el mundo las manos verdaderas.

No eran las manos sino aquella forma
de estar unidas sin tocarse, como
las hojas en el bosque realizan
algo más grande y más hermoso aún:
una profundidad entre silencio.

FERROCARRIL DE MATALLANA

A las ocho del día en febrero
aún es de noche.

Subimos a este tren algunos hombres
por motivos diversos.

Aún no hay luz en los vagones, sólo
oscuridad y aliento.

No nos vemos los rostros pero sentimos
la compañía y el silencio.

En el andén estalla la campana.
Nos sobresalta la crueldad de un silbido.
El tren arranca. Todo vuelve
a su antiguo sentido.

Nos dan la luz amarillenta y floja.
Salimos
de la oscuridad como del sueño:
torpemente vivos.

Y ahora empezaremos a mirarnos
como hombres distintos:
amaríamos a éste, pero a aquél
nunca le amaríamos.

Sin embargo, la luz debiera ser
quien nos hiciese amigos.

Este es un tren de campesinos viejos
y de mineros jóvenes.

Se ve algo que une
más que la sangre y la amistad.

Es una cosa del cuerpo y del alma.

Es grande y dolorosa.

Pero se está haciendo de día.
Ahora ya se puede ver la tierra
oscura bajo el hielo. Es
hermosa la tierra en febrero.
Vemos los montes todavía en sombra,
los robles, del mismo color del monte,
la yerba vieja sepultada en escarcha
y, sobre lomas, las tierras de trabajo:
cada surco endurecido por el frío
como la resistencia de los pobres.

Rectos y oscuros, los chopos
llenan de serenidad las riberas
y, cerca de ellos, bajo el pueblo, el río
desciende azul y lleno de soledad.

Cruzan los pueblos de sonido humilde
—Pardavé, Pedrún, Matueca—;
las casas montan las paredes tristes
sobre el espacio de las huertas;

vemos las calles en silencio, vemos
la iglesia muda y las cerradas puertas.
Esto es un pueblo; se construye a base
de paciencia y tierra.

Cuando bajo del tren, siento frío
en medio de tanta verdad,
y ya entiendo, sin pensar, muchas cosas.
Comprendo, por ejemplo,
la belleza de España.

España es también una tierra,
pero una tierra sólo no es un país;
un país es la tierra y sus hombres.
Y un país sólo no es una patria;
una patria es, amigos, un país con justicia.

Sé que el único canto,
el único digno de los cantos antiguos,
la única poesía,
es la que calla y aún ama este mundo,
esta soledad que enloquece y despoja.

TRISTES METALES

Madre: quiero olvidar
esta creencia sin descanso. Nadie
ha visto un corazón habitado:
¿por qué este pensamiento irreparable,
esta creencia sin descanso?

Estar desesperado,
estar químicamente desesperado,
no es un destino ni una verdad.
Es horrible y sencillo
y más que la muerte. Madre:
dame tus manos, lava
mi corazón, haz algo.

Yo me callo, yo espero
hasta que mi pasión
y mi poesía y mi esperanza
sean como la que anda por la calle;
hasta que pueda ver con los ojos cerrados
el dolor que ya veo con los ojos abiertos.

IV
Blues castellano
(1961-1966)

> *La desgracia de los otros entró en mi carne.*
> SIMONE WEIL

I

CUESTIÓN DE INSTRUMENTO

Ustedes saben ya que una sartén
da un sonido a madre por el hierro
y yo sé que una celesta
suena a tierra feliz, pero si ustedes
tienen a su madre en el fregadero,
no toquen, por favor, la celesta.

Yo bien podría. Comprueben
la densidad y transparencia:

«Si pudiera tener su nacimiento
en los ojos la música, sería
en los tuyos. El tiempo sonaría
a tensa oscuridad, a mundo lento.»

Lo escribí yo con estas mismas manos
pero no lo escribí con la misma conciencia.

Amo las bolsas de las madres.
Veo:
No hay dignidad sobre la tierra
como el cansancio sin pagar,
el rostro
aplastado,
la desesperación que no habla.

Dejen ustedes. Mi canto está mal hecho
como esta verdad, que está mal hecha.

Hagan ustedes la verdad mejor.
Hablaremos después aunque ya es tarde.

DESPUÉS DE VEINTE AÑOS

Cuando yo tenía catorce años,
me hacían trabajar hasta muy tarde.
Cuando llegaba a casa, me cogía
la cabeza mi madre entre sus manos.

Yo era un muchacho que amaba el sol y la tierra
y los gritos de mis camaradas en el soto
y las hogueras en la noche
y todas las cosas que dan salud y amistad
y hacen crecer el corazón.

A las cinco del día, en el invierno,
mi madre iba hasta el borde de mi cama
y me llamaba por mi nombre
y acariciaba mi rostro hasta despertarme.

Yo salía a la calle y aún no amanecía
y mis ojos parecía endurecerse con el frío.

Esto no es justo, aunque era hermoso
ir por las calles y escuchar mis pasos
y sentir la noche de los que dormían
y comprenderlos como a un solo ser,
como si descansaran de la misma existencia,
todos en el mismo sueño.

Entraba en el trabajo.
                    La oficina
olía mal y daba pena.
                    Luego,
llegaban las mujeres.
                    Se ponían
a fregar en silencio.

Veinte años.
            He sido
escarnecido y olvidado.
Ya no comprendo la noche
ni el canto de los muchachos sobre las praderas.
Y, sin embargo, sé
que algo más grande y más real que yo
hay en mí, va en mis huesos:

Tierra incansable,
                firma
la paz que sabes.
                Danos
nuestra existencia a
                    nosotros
                    mismos.

TARAREANDO NAZIM

Tengo ruidos en la nuca, doctor.
Siento el cráneo apretar y crujir,
sobre todo si hay penas. No sé...
Hace siete años, doctor,
que en vez de pensamiento tengo un ruido
y una pasta muy triste en la cabeza.

Yo haré lo que me diga; yo tendré
paciencia y confianza. Puede ser.
Yo tomaré las medicinas
para poder pensar en mis amigos.

Pero si lo que ocurre, doctor,
es que tengo algún mal que se produce
a causa del amor
y el pensamiento de la resistencia,
entonces, déjelo; esto no es
más que nuestro sonido natural.
Yo viviré
mejor con este ruido en la cabeza.

MALOS RECUERDOS

La vergüenza es un sentimiento revolucionario.
                                    KARL MARX

Llevo colgados de mi corazón
los ojos de una perra y, más abajo,
una carta de madre campesina.

Cuando yo tenía doce años,
algunos días, al anochecer,
llevábamos al sótano a una perra
sucia y pequeña.

Con un cable le dábamos y luego
con las astillas y los hierros. (Era
así. Era así.
            Ella gemía,
se arrastraba pidiendo, se orinaba,
y nosotros la colgábamos para pegar mejor).

Aquella perra iba con nosotros
a las praderas y los cuestos. Era
veloz y nos amaba.

Cuando yo tenía quince años,
un día, no sé cómo, llegó a mí
un sobre con la carta del soldado.

Le escribía su madre. No recuerdo:
«¿Cuándo vienes? Tu hermana no me habla.
No te puedo mandar ningún dinero...»

Y, en el sobre, doblados, cinco sellos
y papel de fumar para su hijo.
«Tu madre que te quiere.»
                          No recuerdo
el nombre de la madre del soldado.

Aquella carta no llegó a su destino:
yo robé al soldado su papel de fumar
y rompí las palabras que decían
el nombre de su madre.

Mi vergüenza es tan grande como mi cuerpo,
pero aunque tuviese el tamaño de la tierra
no podría volver y despegar
el cable de aquel vientre ni enviar
la carta del soldado.

CAIGO SOBRE UNAS MANOS

Cuando no sabía
aún que yo vivía en unas manos,
ellas pasaban sobre mi rostro y mi corazón.

Yo sentía que la noche era dulce
como una leche silenciosa. Y grande.
Mucho más grande que mi vida.
                              Madre:
era tus manos y la noche juntas.
Por eso aquella oscuridad me amaba.

No lo rcuerdo pero está conmigo.
Donde yo existo más, en lo olvidado,
están las manos y la noche.
                              A veces,
cuando mi cabeza cuelga sobre la tierra
y ya no puedo más y está vacío
el mundo, alguna vez, sube el olvido
aún al corazón.
                              Y me arrodillo
a respirar sobre tus manos.
                              Bajo
y tú escondes mi rostro; y soy pequeño;
y tus manos son grandes; y la noche
viene otra vez, viene otra vez.
                              Descanso
de ser hombre, descanso de ser hombre.

IDA Y VUELTA

Has cruzado despacio la ciudad.
Por una vez, tú no vas a trabajar,
ni a comprar una medicina,
ni a entregar una carta:
has salido a la calle para estar en la noche.

Tienes suerte esta vez;
has sabido, esta vez, que se puede vivir
y sentir reunidas tu existencia y la noche,
y que es justo y es bello y es real respirar
en esta libertad oscura hasta las estrellas.

Y, de pronto,
has pensado en tu especie y en tu privación
y en que, todos los días de la vida,
los que no aman la noche nos ocultan
esta paz que hay entre nosotros y las cosas del mundo.

Es entonces
cuando, más que en la noche, tú vives en la cólera
y en el amor también. Y te detienes.

Desandas la ciudad y te reúnes
a otra profundidad también oscura.

SABOR A LEGUMBRES

Las legumbres hervidas, golpeadas
a fuego en las cazuelas, espesaron
una parte del agua, retuvieron
otra parte consigo.

Después que estáis sentados a la mesa
los míos de la sangre —cinco— pienso
que es posible que coman en el mundo
muchas gentes, hoy, esto.

Ahora que tenemos sobre la lengua la misma pasta de la tierra,
puedo olvidar mi corazón y resistir las cucharas.

Yo siento
en el silencio machacado
algo maravilloso:
cinco seres humanos
comprender la vida a través del mismo sabor.

COMUNICACIÓN DE MALES

Mi hija tuvo miedo de mí, y yo que era
el que la amenazaba y ofendía,
sentí al miedo existir.

Debo decirles que yo era injusto:
mi pequeña, mi amor, el ser humano
que se sube a mis brazos y ríe sobre mi corazón,
no había hecho ninguna cosa mala.

No ha sido a causa de mi amor
por lo que sentí el miedo de mi hija,
sino porque aquel miedo estaba en mí
como la luz o el movimiento de la tierra.

¿OCULTAR ESTO?

> *La conciencia estéril no es más que un momento (...) de la conciencia desdichada.*
> HENRY LEFEBVRE

Sé que pronto algún rostro golpeado
vendrá a mirarme y abrirá la boca
y de ella y los ojos fluirá
la pasta roja, la que amo, río
espeso de la tierra, interminable.

Al hombre cuyo oficio y vigilancia
es la vida, feroz como el mercurio
una bolsa de pena lo acompaña.
Está cansado sobre el propio rastro
como un ave de plomo. Dormiría
sobre todas las cosas: las miserias
y las humillaciones y el olvido.

Pero si cierra el vigilante, cierra
la dentadura sobre la conciencia
y no ve el rostro nunca y el espanto
oprímele los ojos y se oculta
entre los paños de la soledad,
entonces, nada más, se ensucia, llora
y no sale de su caja amarilla.

El hombre cuyo oficio y vigilancia
es la vida ¿qué hará, cómo podría
subirse encima de la enfermedad,
comprender y luchar?
                     Bajé los ojos
ante el mundo. Cubrí con una sombra
mi vergüenza y mi pena. Me dispuse
a una fraternidad sin esperanza.

GEOLOGÍA

Algunas veces salgo hacia las montañas
a mirar a lo lejos.

Piso unas lomas donde tierra vieja
se pone hermosa con el sol y veo
subir la sombra por los cuestos.
                                  Ando
mucho tiempo en silencio.

Pero hay días que ando por estas lomas,
y miro hacia las montañas,
y ni allí hay libertad.

Y me vuelvo. Yo sé bien que es inútil
buscarla como a una llave perdida,
y que también es inútil
mirar al fondo de mi corazón.

AGRICULTURA

Qué valdría sin pisadas humanas
esta pobreza que hace crujir la luz.
Qué sería la belleza violenta
del secano sin el corazón cansado
que piensa en él: tierra comida
y mala soledad frente al acero
mural de las montañas.

Mirad, es bello y es verdad: arriba,
el cardo blanco y el centeno, ciegos,
vibran junto a los pájaros, y luego
baja la tierra sobre sombras rojas
hasta el poco de agua y los negrillos.

Baja roída por el sol, quemada
por el hielo como el rostro humano
quieto y tajado de dolor, que pasa,
mil veces pasa por la tierra, duro,
con la herramienta y el caballo viejo,
seco como su amor, mil veces pasa,
toda la vida mientras dura el día.

PAISAJE

La tierra es más grande que tu corazón.
Sin embargo, la tierra de todos
cabrá en el corazón de cada uno.

(Es lo que pienso mientras vivo. Es
mi honor).

          Un día, el año
pasado —no podía más—,
salí de casa hacia los altos. Vi
la ciega construcción: mundo, silencio.
Sentí después endurecer al frío
montes sin una flor, lápidas rojas,
tierra en la tierra voluntaria, pueblos
vacíos
y la sombra que baja —pero arriba
hierve la luz en los espinos.
                            Era
como un rostro. No sé. ¿Cómo es un rostro
de multitud
          Amigos,
¿qué pasará para que buena tierra,
semejante verdad, sea en los ojos
sólo espacio y belleza?
                          Desconfío.
Basta ya. Basta ya.

Patria serena.
pon tu costra en lo que soy, avanza
hasta que quepas en mi corazón,
vieja-roída-majestad,
                entera.

II

BLUES DEL NACIMIENTO

Nació mi hija con el rostro ensangrentado
y no me la dejaron ver despacio.
Nació mi hija con el rostro ensangrentado
pero me la quitaron de las manos.

Mi hija ahora ya va a hacer tres años
y habla conmigo y ella ve mi rostro.
Mi hija ahora ya va a hacer tres años
y canta y piensa pero ve mi rostro.

Yo ahora ya no me pregunto
por qué se ama a un rostro ensangrentado.

BLUES PARA CRISTIANOS

Antes algunos hombres se sentaban a fumar
y a mirar la tierra despacio.
Antes muchos hombres se sentaban a fumar
y poco a poco comprendían la tierra.
Ahora no se puede fumar cuando viene la noche.
Ahora ya no queda tabaco ni esperanza.

Ya han debido de pasar el cielo y la tierra
y todas las casas están vacías.
Han debido de pasar el cielo y la tierra
porque todas las casas están vacías.
La madre ya no quiere volver a sus cazuelas.
Aquí toda la gente está muy triste.

Ahora vendrá Dios con su madero.
Dicen que viene Jesucristo con su madero.
Bien, que venga con su madero.

Cuando venga Jesucristo con su madero,
vamos a verle la chaqueta vieja.
Cuando venga Jesucristo a vivir con nosotros,
habrá que verle el corazón cansado.

Aquí ya no hay otra majestad que el dolor.
Sí, buen amigo, ya no hay más en la tierra.

BLUES DEL CEMENTERIO

Conozco un pueblo —no lo olvidaré—
que tiene un cementerio demasiado grande.
Hay en mi tierra un pueblo sin ventura
porque el cementerio es demasiado grande.
Sólo hay cuarenta almas en el pueblo.
No sé para qué tanto cementerio.

Cierto año la gente empezó a irse
y en muchas casas no quedaba nadie.
El año que la gente empezó a irse
en muchas casas no quedaba nadie.
Se llevaban los hijos y las camas.
Tenían que matar los animales.

El cementerio ya no tiene puertas
y allí entran y salen las gallinas.
El cementerio ya no tiene puertas
y salen al camino las ortigas.
Parece que saliera el cementerio
a los huertos y a las calles vacías.

Conozco un pueblo. No lo olvidaré.
Ay, en mi tierra sin ventura,
no olvidaré a mi pueblo.

¡Qué mala cosa es haber hecho
un cementerio demasiado grande!

BLUES DEL AMO

Va a hacer diecinueve años
que trabajo para un amo.
Hace diecinueve años que me da la comida
y todavía no he visto su rostro.

No he visto al amo en diecinueve años
pero todos los días yo me miro a mí mismo
y ya voy sabiendo poco a poco
cómo es el rostro de mi amo.

Va a hacer diecinueve años
que salgo de mi casa y hace frío
y luego entro en la suya y me pone una luz
amarilla encima de la cabeza
y todo el día escribo dieciséis
y mil y dos y ya no puedo más
y luego salgo al aire y es de noche
y vuelvo a casa y no puedo vivir.

Cuando vea a mi amo le preguntaré
lo que son mil y dieciséis
y por qué me pone una luz encima de la cabeza.

Cuando esté un día delante de mi amo,
veré su rostro, miraré en su rostro
hasta borrarlo de él y de mí mismo.

BLUES DE LA CASA

En mi casa están vacías las paredes
y yo sufro mirando la cal fría.
Mi casa tiene puertas y ventanas:
no puedo soportar tanto agujero.

Aquí vive mi madre con sus lentes.
Aquí está mi mujer con sus cabellos.
Aquí viven mis hijas con sus ojos.
¿Por qué sufro mirando las paredes?

El mundo es grande. Dentro de una casa
no cabrá nunca. El mundo es grande.
Dentro de una casa —el mundo es grande—
no es bueno que haya tanto sufrimiento.

BLUES DEL MOSTRADOR

Llegó con el papel entre las manos
y me miró con sus ojos cansados.
Llegó con el papel y con sus manos
y yo sentí su mirada en mi vida.

Cuando venga otro día con sus manos
y su papel a mirarme en silencio,
espero comprender por qué me mira,
por qué es viejo y es grande y por qué pesan
en mi corazón unos ojos cansados.

BLUES DE LAS PREGUNTAS

Hace tiempo que estoy entristecido
porque mis palabras no entran en tu corazón.
Muchos días estoy entristecido
porque tu silencio entra en mi corazón.

Hay veces que estoy triste a tu lado
porque tú sólo me amas con amor.
Muchos días estoy triste a tu lado
porque tú no me amas con amistad.

Todos los hombres aman mucho la libertad.
¿Sabes tú lo que es vivir ante una puerta cerrada?
Yo amo la libertad y te amo a ti.
¿Sabes tú lo que es vivir ante un rostro cerrado?

BLUES DE LA ESCALERA

Por la escalera sube una mujer
con un caldero lleno de penas.
Por la escalera sube la mujer
con el caldero de las penas.

Encontré a una mujer en la escalera
y ella bajó sus ojos ante mí.
Encontré la mujer con el caldero.

Ya nunca tendré paz en la escalera.

III

HABLO CON MI MADRE

Mamá: ahora eres silenciosa como la ropa
del que no está con nosotros.
Te miro el borde blanco de los párpados
y no puedo pensar.

Mamá: quiero olvidar todas las cosas
en el fondo de una respiración que canta.
Pasa tus manos grandes por mi nuca
todos los días para que no vuelva
la soledad.

Yo sé que en cada rostro se ve el mundo.
No busques más en las paredes, madre.
Mira despacio el rostro que tú amas:
mira mi rostro en cada rostro humano.

He sentido tus manos.
Perdido en el fondo de los seres humanos te he sentido
como tú sentías mis manos antes de nacer.

Mamá, no vuelvas más a ocultarme la tierra.
Esta es mi condición.
                    Y mi esperanza.

VERANO 1966

Cuando me extiendo junto al mar,
existe el agua y su palpitación
y un cielo azul cuya profundidad
es demasiado grande para mí.

Sentir el mar, su lentitud viviente,
es la magnificencia y el olvido,
pero sentir la vida de los camaradas
es ser el camarada de uno mismo.

El cielo inmóvil tiene su razón, lo sé,
pero la razón que hay en nosotros
existirá aún cuando este cielo
haya sido borrado por el viento y el frío.

INVIERNO

La nieve cruje como pan caliente
y la luz es limpia como la mirada de algunos seres humanos,
y yo pienso en el pan y las miradas
mientras camino sobre la nieve.

Hoy es domingo y me parece
que la mañana no está únicamente sobre la tierra
sino que ha entrado suavemente en mi vida.

Yo veo el río como acero oscuro
bajar entre la nieve.
Veo el espino: llamear el rojo,
agrio fruto de enero.
Y el robledal, sobre tierra quemada,
resistir en silencio.

Hoy, domingo, la tierra es semejante
a la belleza y la necesidad
de lo que yo más amo.

VISITA POR LA TARDE

Entré en la casa y me quité el abrigo
para que mis amigos no supieran
cuanto frío tenían, pero ellos
dijeron: «Ven, entra en la cocina».
Y la madre hizo fuego para mí.

No he podido tener nunca mi fiesta
en paz como aquel día:
el vino en la madera; la mirada
de los niños; las palabras;
el resplandor del fuego...

Cuando llegó la noche, la mujer
sacó las manos del agua
y separó los cabellos esparcidos
sobre el rostro cansado.
                                    Y vi el rostro.
Rostro cansado: amor.
                                    Y sonreía.

EL RÍO DE LOS AMIGOS

Hoy anduve la orilla del Bernesga.
En otro tiempo, por aquí, nosotros
fuimos lejos, amigos.

De cara al cielo, sobre la humedad,
me tendí solo y me cubrían
el silencio y la yerba.

Sentí crecer mi corazón, moverse
la tierra, descender el río.

Bajó la sombra y levanté las manos
para ponerlas sobre las cortezas
ásperas, frescas, de los álamos.
Era la hora de volver. Había
aquel mismo silencio.

Nosotros pisábamos la tierra pensando
y la misma luz envolvía al regreso
el viejo tronco de los árboles
y el rostro de los amigos.

AMOR

Mi manera de amarte es sencilla:
te aprieto a mí
como si hubiera un poco de justicia en mi corazón
y yo te la pudiese dar con el cuerpo.

Cuando revuelvo tus cabellos
algo hermoso se forma entre mis manos.

Y casi no sé más. Yo sólo aspiro
a estar contigo en paz y a estar en paz
con un deber desconocido
que a veces pesa también en mi corazón.

TÚ

Caer en un rostro, existir
con su respiración y con su boca...

Cuando tú estabas en peligro,
tú gritaste, mas fue
en la garganta de otro ser humano;
se levantó tu cuerpo
y fue en los brazos de otro ser humano.

Entonces comprendías.

Y tu necesidad y tu dolor
no fueron nunca como antes. Tú
ya no ves signos. Ahora, tú desprecias
todas las dudas. Y tu pensamiento
no es espejo que calla; ya es amor
y destino y conducta y existencia.

LIBERTAD EN LA CAMA

Todos los días salgo de la cama
y digo adiós a mi compañera.
Vean: cuando me pongo
los pantalones,
me quito
la
libertad.

Cuando llega la noche, otra vez
vuelvo a la cama y duermo.

A veces sueño que me llevan con las manos atadas,
pero entonces me despierto y siento la oscuridad,
y, con el mismo valor, el cuerpo de mi mujer y el mío.

ESTAR EN TI

Yo no entro en ti para que tú te pierdas
bajo la fuerza de mi amor;
yo no entro en ti para perderme
en tu existencia ni en la mía;
yo te amo y actúo en tu corazón
para vivir con tu naturaleza,
para que tú te extiendas en mi vida.

Ni tú ni yo. Ni tú ni yo.
Ni tus cabellos esparcidos aunque los amo tanto.
Sólo esta oscura compañía.
                            Ahora
siento la libertad.
                    Esparce
tus cabellos.
                    Esparce tus cabellos.

EN LA CARRETERA DEL NORTE

Por la carretera del norte
hay luz sobre los cuestos.
                    Ana, Amelia,
venid conmigo a recibir la luz.

En mi mano izquierda tengo la mano de Amelia
y en la derecha la de Ana.
Los tres sentimos nuestra vida y la luz.
Los tres sentimos nuestras manos y la luz.
Los tres sentimos la luz, el silencio y las manos.

Hubo un día que anduve por la tierra sin nadie.
Aún caía el sol sobre el cuesto amarillo
pero la soledad era más fuerte que la luz.

Aunque haya sol sobre la tierra, amigos,
no vayáis nunca solos a la carretera del norte.

UN TREN SOBRE LA TIERRA

Voy en el tren hacia mi casa.

Los cabellos ásperos de mi madre
están rodeando su rostro sobre la almohada
y su viejo cuerpo ha caído en el sueño.

Cuando yo encienda la bombilla, ella
dará un grito de espanto y amor
y en la habitación habrá una gran luz amarilla
en la que viviremos abrazados.

Ahora voy en el tren
y en el departamento hay cuatro seres humanos.

Bajo el número cuarenta y cuatro,
una mujer hinchada de tristeza.

Bajo el número cuarenta y cinco,
un viejo arde en su mirada roja.

Bajo el número cuarenta y siete,
un hombre duerme con un gran capazo.

La ventana es una lámina negra.

Vuelvo a mirar hacia mis compañeros:

La mujer respira muy dulcemente;
el aire sale de su corazón.

El viejo cierra la mirada y duerme.

El hombre saca de comer, despacio.

Ahora estamos en paz en el departamento.
Yo me siento ir hacia mi casa
y cada uno siente que se aleja o que vuelve.

El tren avanza bajo la noche
y vamos juntos atravesando la tierra.

SIENTO EL AGUA

Me he sentado esta tarde a la orilla del río
mucho tiempo, quizá mucho tiempo,
hasta que mis ojos fluían con el agua
y mi piel era fresca como la piel del río.

Cuando llegó la noche, ya no veía el agua
pero la sentía descender en la sombra.
No escuchaba otro ruido que aquel ruido en la noche;
no sentía en mí más que el sonido del agua.
¡Tantos seres humanos, tan inmensa la tierra,
y este ruido en la noche ha bastado para llenar mi corazón!

Yo no sé si he traicionado a mis amigos:
el cántaro está lleno de un agua oscura y dulce,
pero el cántaro sufre —el rojo, viejo barro.

Alguien tiene piedad de este cántaro.
Alguien comprende el cántaro y el agua.
Alguien rompe su cántaro por amor.

En todo caso, yo no he cogido el agua
para bebérmela yo mismo.

LA NOCHE HASTA CAER

Toda la noche yo busqué sus ojos,
la mirada entre pieles, roja y húmeda.
Toda la noche hasta caer envuelto
en la mirada roja de mi amigo
y en la cobardía de mi corazón.

Íbamos de la noche a las tabernas
amarillas a cambiar el silencio
exterior por una voz humana
entre cuatro paredes y aquel vino
recio en la boca y frío en las entrañas:

«—¿Qué dices, viejo? Hablas sin cabeza.
¿Ahora lloras con los dientes?
                                    —Calla.
Son las maderas húmedas, el frío
de los vasos, la ropa
gruesa de los trabajadores...»

(Era, toda la noche,
una naturaleza incomprendida.)

«—Tú no tienes razón, pero la tienes
más que nada en el mundo.
                              —Bebe.
                                        —Caes
al agujero de tí mismo.
                  —Caigo
sobre los brazos de mis camaradas».

Recuerdo
un árbol blanco, alto y desnudo,
al otro lado de la carretera.
Me lo mostraba con sus manos:
                                «—Mira,
mira ese árbol».
              No podía
hablar apenas, pero el árbol
se reunía con sus manos. Eran
una sola cosa en la noche:
un árbol y un hombre que se comprendían juntos;
una serenidad que no se olvida.

Ibamos de la noche a las tabernas
amarillas a olvidar el silencio.

Había una verdad, no se me olvide,
había una verdad.
                Dure la noche
y caiga yo sobre su misma tierra.

DESPUÉS DEL ACCIDENTE

Cuando levantaron aquel hierro amarillo,
se vio la cosa reventada: dos;
las dos manos del hombre: la gran mano
izquierda, la gran mano derecha.
Machacadas en óxido. La sangre
se espesó con el aire. Lo llevaron

Si nos vemos, amigo, hay que beber a la salud del hierro.
Llevaré hasta tu boca el vaso con el vino
y, cuando tú sientas que bebes con mis manos,
tú comprenderás que no estás manco en el mundo.

Yo te aseguro que cuando venga lo que vendrá
nadie va a llorar por sus viejas manos atadas.
Y además —no lo olvides— yo ya no tendré
que estar triste por ti. Va a ser entonces
cuando vas de verdad a tener manos.

CAIGO SOBRE UNA SILLA

Cuando yo caigo sobre una silla
y mi cabeza roza la muerte;
cuando cojo con mis manos la tiniebla
de las cazuelas, o cuando contemplo
los documentos representativos
de la tristeza, es
la amistad quien me sostiene.

V
EXENTOS, II
Pasión de la mirada
(1963-1970)

Vivo sin padre y sin especie; callo
porque no encuentro en el osario ciego
del sonido aquéllas como frutos
antiguos, las adánicas, redondas
palafras oferentes. Van perdidas
las prietas de salud; quedan vestigios:
astillas, soledad, tierras, estatuas.

Al país que no es sino que habita
él, y presiente, y es de noche, landa
que no es lugar sino dolor, ¿quién baja,
quién entra vivo en esta sombra, quién
accede a la invisible compañía?

¿Qué ser no muere en este frío? El
fortalece los tallos, se le oye
beber las aguas en el interior,
latir uniéndose a la noche, ser
fuego que no consume su sarmiento,
pájaro que en sí mismo se despliega.

En selva roja donde el agua nunca
la luz destella, ni, de oscuras ramas,
un pájaro revuelve la espesura
y, luego, lento, en el azul se eleva
y el canto le sostiene y pacífica;
en esta oscuridad que se respira
y a sí misma se ignora, pero siente
los pies descalzos del pastor, la lluvia
que oscurece las hojas y perfuma
el liquen y refresca la madera,
aquí no deja de pasar la noche,
en larga suavidad: lame las grutas
donde vive la sed y se desliza
entre las ramas cautelosas. Siempre
pasa la noche pero el día nunca,
ni el rostro amado que bajar quisiera
hasta aquella maleza y envolverse
en el silencio de la selva; nadie,
ni aquella ronca vibración de oro
de la abeja nupcial; naturaleza
que al solo oculto corazón escucha
latir en soledad, pero llorando.

Es él, el alimento y el olvido;
agua de juventud; se sobrepone
a toda división. Un dios antiguo
abre sus venas en mi sangre y fluye
hasta cansar mi corazón. El zumo
de la serenidad hierve en mi boca;
cojo el secreto con la lengua, pero
más me coge él a mí. Ramas tranquilas
bajan el mosto hasta mis labios. Él
roba la muerte de mis huesos. Habla
como un mirlo esparcido y todo el bosque
abre sus frutos y los manantiales
manan lentos en mí. Pero llorando.

En el más resistente, más velado
lugar el corazón, mete sus manos
el silencio del mundo, mas despierta
al pájaro mortal, al destinado.

Habla en dura quietud; habla en la nieve.
La geografía del final es blanca.

Pero desciende, corazón, repasa
yerba secreta y el hayedo oscuro
como la planta antigua del pastor.
Baja a escrutar la transparencia fría,
entra en el bosque de las venas, siente
los arroyos pacíficos, el ruido
denso y materno de la leche, escucha
el paso prodigioso de las bestias.
Cruza la sombra con tu cuerpo, pasa
sobre las huellas comunales, duerme
en el silencio como un dios cansado
y, luego, acude al sobresalto puro,
a la fresca, gloriosa desbandada
de las aguas en júbilo, discierne,
repartida en la luz, pálida espuma.

Pero vuelve a la paz por el camino
prieto y oscuro de Corona; vete
despacio por el Pando; te rodean
las floraciones de la soledad,
los árboles salvajes, los helechos,
los cautelosos manantiales. Piensa

dulcemente en el mundo, pero calla,
exprésate con sola tu existencia,
como el bosque secreto, que se dice
en la ciega madera con el liquen
y la profundidad y la quietud.

Lívida, verde, añil, precipitante
golpea el agua en la afilada estirpe
de la roca fluvial. Su entalladura
come la paz en ti; ya no recuerdas
ningún canto ni el manso y solitario
campanil del ganado. Sólo sientes
un único latido: el tormentoso
del Cares en su caz, y una corona
de piadosa humedad en tu cabeza.

Todo se pierde en el espacio puro,
en el combate de las aguas y
las láminas terribles. Se apodera
la física, orquestal naturaleza
del espacio interior; ya no recuerdas.

Ya no recuerdas en el quicio raudo,
en la inmóvil, hirviente cabellera,
en el abismo azul, en el espanto.

En el espanto y la hermosura como,
al fin de la batalla, un rey envuelto
en la sangre, o la invisible túnica
del huracán, o la feroz escala
del que canta en el rostro de la muerte.

No penetra los ázimos hurmiento
como en las telas de mi corazón
mete sus manos la desgracia. Ciego
por un rostro mortal, porque sus ojos
ya llorasen en mí. Pongo mis labios
en la piel del dolor, pero ya es tarde:
la paloma del llanto no se entrega.

La que calla y desprecia; la que extiende
las mantas, la madera, los sudarios
sobre la vida; la que entiende el gesto
de los que existen y no hablan; ésta
que advierte y sigue con sus manos grandes
el movimiento de la tierra y fija
el rostro de la luz, ésta es la vieja
madre del miedo, la que espera y calla.

Está tejida con azul la noche
aún crepuscular. La lengua roja
enciende su perfil.
          Salgo al silencio
y penetro la vida de las cosas
y no sé si el centeno es la hermosura
o es la sed la verdad.
          En este ahora
de secreta extensión, cuando no ciega
mis sentidos la furia luminosa
del resol cereal, y están creciendo
el zureo nupcial de las palomas,
los pájaros ocultos, la paciencia
de los robles, aún, salgo a los huertos
y me busco en las aguas y las sombras.

Recuerdo que la tierra quiebra dura
y se levanta azul hacia la nieve.
Recuerdo que los ríos descendían
cual frescos gavilanes y recuerdo
las tierras rojas sobre lomas. Vi
ásperos pueblos, huertos silenciosos.

Miré después al corazón humano
y vi la misma lentitud, la misma
roja aspereza y silencioso frío.

Pero, más tarde, sorprendí las aguas
enloquecidas por la luz, los lirios
ante el abismo, en la serenidad,
el ruiseñor, de noche, entre los álamos,
y los veloces pájaros del día.

La luz, distribuida en la aspereza,
reconcilia a las bestias; luego baja
hasta las huellas del pastor, asiste
al huracán azul de las palomas,
hace crujir el campo y acrecienta
la agilidad insigne de los pájaros.

La tarde entra de pronto en la cocina,
enloquece en el cobre, hace gloriosa
la herrumbre de las madres. Como un lienzo
se imparte en las estancias. Cruza, dora
el rostro del varón. Da en las tarimas,
atraviesa el laurel, tiembla en sus hojas.

Ahora volverán por los caminos
las mulas canas y las yuntas rojas
y, cansados, los hombres, sus cabellos
con tamo de trigal.
                Cunden las sombras
al borde del tapial. Lenguas de acero
se sumergen en aguas silenciosas.

El volumen rescata de la tierra
las oleadas interiores, riza
áspera, dulce, cereal, corpórea
la masa solitaria, la pastura
de los alcores y las navas; pone
la majestad hendida, aterruñada
en compacta hermosura y deposita
agua y semillas en el corazón.

He aquí las cabezas congregadas
a la convexidad; habla el volumen
y no turba el silencio; se averiguan
sólo la dimensión y la tristeza.

Surgen del capitel innumerables,
de la tiniebla de los huesos y
la poderosa ritmación redonda:
consistencia mortal, morfología
que se revela y no se nombra, fruto
obstinado del tímpano y el tiempo.

Es cierto que la piel de las estatuas
no siempre es una lentitud gloriosa;
en cárcavas, en nudos, en acantos
invocan la vejez. Y las columnas
no detienen los días; permanecen
judiciales, mas entra la fatiga,
al fin, y el llanto, en su naturaleza.

En esta majestad de la madera
el oro canta y el dolor: estatuas.
Es llama inmóvil, turbulencia augusta,
agua sin manantial. Aquí la muerte
se reconcilia con la luz. Estatuas.
Máscaras ciegas de la eternidad.

No es la materia la que pacifica;
es la modulación, la voluntaria:
el vientre solidario del cuchillo,
las débiles cabezas, las unánimes,
y sus labios; la física dulzura
que entra despacio al corazón y habla.

La que habla en volumen, la que mide
el destino con sola su existencia;
aquélla, corporal, que se desnuda
y se extiende en la luz, aquélla, esta
castidad mineral, no solicita
pensamiento, no ve, pero, en la noche,
alimenta mis ojos, me acompaña.

Dios extendido, longitud sagrada.
Duerme envuelto en su sangre. Derramado
bajo la noche, Jesucristo duerme,
descansa como un niño atormentado.

Aquí ataron las manos de Gregorio
Fernández cierta lentitud terrestre
a los huesos de Dios. Veo la boca
donde pastan la luz y las tinieblas;
miro los brazos de marfil y espino,
fugitivos y largos como ríos
que van a su morir, y la corona
hirviente aún de los cabellos; furia
serpentina de Dios, dios derrotado.

Está la curva del nogal fingiendo
un cuerpo amado por la luz, desnudo,
derramado hacia arriba y en silencio,
arco tendido entre el dolor y una
musculada por rítmica agonía,
madera herida de misericordia.

Aquí la boca, su oquedad eterna,
exhala una palabra, mas no suena
si no es en forma de justicia: calla.
Sobre el oro veloz, un viento inmóvil
precipita su cuerpo hacia el espanto
de los cabellos y sus huesos sienten
la sustancia mortal, las duras manos
torturando columnas. La palabra
enardece las túnicas, asciende
en las tinieblas, arde en los sepulcros
y construye un espacio. Pero calla.

Un bosque inmóvil, sin espacio, pero
alimentado en la profundidad
envolvente del mundo. Su espesura,
de vientos y de pájaros no acoge
sobresalto ni sombra; se despliega
en llano vertical: azul pacífico,
oro pluvial, litúrgicos se traban
con púrpura feroz. Mas nada turba
aquella majestad.
     Si das tus ojos
a la dominación, sientes cuajarse
un vértigo, un pueblo entreverado:
urdimbre de varones, instrumentos,
bestias, coronas, comunicaciones,
desperdicios de luz. Vértigo, pueblo
establecido donde nunca humana
respiración apagará el chasquido
de una hebra solar sobre la dura
conversión laminar, pueblo aplastado.

Callada tempestad. La vibratoria
existencia del sol, la que tortura
lívidas lomas, parameras turbias
en la tierra exterior, aquí sostiene
un lienzo musical: nervios de sombra,
como un árbol delante del crepúsculo,
no imponen pausa sino negro impulso
en la arbolada vidriería.
       Es
un mundo. No músculos, cabellos;

no túnicas redondas, accidentes;
sólo estaturas, transparencias, fuegos.
No libros, atributos, gestos, lomos
hirvientes de corcel, águilas, cetros,
ballesteros y muerte; sólo una
cegadora, bruñida altanería.

En esta soledad, en esta altura
de la materia, la estructura adiestra
los gritos del color como, entre hombres,
una esbelta garganta dispondría
las cantidades de sonido. Canta
pero extiende silencio. No es el canto
que recorre la tierra penetrando
en corazones, multitudes, bóvedas
y sepulcros; no es sino palabra
que se adentra en los ojos: alta fiesta
que despliega los rojos, enardece
el espacio interior, filtra más oro
en densidad azul, hunde los verdes
en sí mismos, agosta el amarillo
hasta hacerlo crujir.
                      Oh pueblo frío,
oh bosque, oh vidrio, oh lienzo frío:
sólo tú puedes soportar, vivir
siempre en belleza, nunca en libertad.

Estimo al capitel frente a la alondra
porque ésta responde vibratoria
en la dulce espesura y su gemido
propaga el episodio, precipita
en un llanto carnal al vigilante.

Pero el pálido estilo, la inminencia
de la concavidad frente al resalte,
la ruina construida, las cabezas
laceradas, el grácil intestino,
su obstinada belleza, comunican
ebriedad para el día de la muerte.

Espacio siempre frente al tiempo. No
hay mayor lentitud que esta paciencia
que eterniza los labios, endurece
las túnicas, habita en la mirada
de la desolación.
   Roja, la estepa,
afuera, lejos, en la mansa gleba,
come su viejo sol.
   Gira la tierra
sobre sí misma, musical, y el agua
desciende azul, eternidad herida.

Dime qué ves en el armario horrible
y en las vasijas de llorar: ¿qué es esto?

Cuando contemplas la melancolía
en las farmacias y, en los muros,
están ya escritas las acusaciones,
¿quién eres tú al fin y por qué callas?

Ante los animales y el silencio,
mete las manos en el agua, heridas
de los espinos. No solloces; dime
qué nombres viven en tu corazón.

VI
Descripción de la mentira
(1975-1976)

El óxido se posó en mi lengua como el sabor de una desaparición.

El olvido entró en mi lengua y no tuve otra conducta que el olvido,

y no acepté otro valor que la imposibilidad.

Como un barco calcificado en un país del que se ha retirado el mar,

escuché la rendición de mis huesos depositándose en el descanso;

escuché la huida de los insectos y la retracción de la sombra al ingresar en lo que quedaba de mí;

escuché hasta que la verdad dejó de existir en el espacio y en mi espíritu,

y no pude resistir la perfección del silencio.

No creo en las invocaciones pero las invocaciones creen en mí:

han venido otra vez como líquenes inevitables.

La fermentación del verano se introduce en mi corazón y mis manos se deslizan cansadas en la lentitud.

Vienen rostros sin proyectar sombra ni hacer crujir la sencillez del aire;

sin osamenta ni tránsito, como si consistieran únicamente en el contenido de mis ojos, en la unidad de mis palabras, en el espesor de mis oídos.

Son obedientes y yo siento su reunión como una salud que se refugia en la oscuridad.

Es una amistad dentro de mí mismo;

es un estambre urdido por manos que son suaves en el interior de los días.

Ahora es verano y me proveo de alquitranes y espinas y lápices iniciados,

y las sentencias suben hacia las cánulas de mis oídos.

He salido de la habitación obstinada.

Puedo hallar leche en frutos abandonados y escuchar llanto en un hospital vacío.

La prosperidad de mi lengua se revela en cuanto fue olvidado durante mucho tiempo y sin embargo visitado por las aguas.

Este es un año de cansancio. Verdaderamente es un año muy viejo.

Este es el año de la necesidad.

Durante quinientas semanas he estado ausente de mis designios,

depositado en nódulos y silencioso hasta la maldición.

Mientras tanto la tortura ha pactado con las palabras.

Ahora un rostro sonríe y su sonrisa se deposita sobre mis labios,

y la advertencia de su música explica todas las pérdidas y me acompaña.

Habla de mí como una vibración de pájaros que hubiesen desaparecido y retornasen;

habla de mí con labios que todavía responden a la dulzura de unos párpados.

En este país, en este tiempo cuya pesadumbre se dibuja en lápidas de mercurio,

voy a extender mis brazos y penetrar la hierba,

voy a deslizarme en la espesura del acebo para que tú me adviertas, para que me convoques en la humedad de tus axilas.

Todavía existe luz en la destitución y mi valor se descubre en sílabas en las que tú y los rostros actuáis como gránulos silvestres,

como espermas excitadas hasta penetrar en la bujía del sonido,

hasta sumergir mi cuerpo en aguas que no palpitan,

hasta cubrir mi rostro con las pomadas de la majestad.

No es una glorificación, no es que la púrpura haya caído sobre mis huesos;

es más hermoso y antiguo: alentar sobre el vinagre hasta volverlo azul, adelantar un cuchillo y retirarlo húmedo de una exudación que dignifica al esgrimidor.

Agradezco la pobreza para que la pobreza no me maldiga y me conceda anillos que me distingan de cuando fui puro y legislaba en la negación.

Huelo los testimonios de cuanto es sucio sobre la tierra y no me reconcilio pero amo lo que ha quedado de nosotros.

Estoy viejo de mí mismo pero hay estigmas. Han llegado los visitantes. Hay hormigas debajo de las llagas.

Siento la fertilidad que se refugia entre la ira de mis cabellos y oigo el deslizamiento de las especies que nos han abandonado.

He cesado en la compasión porque la compasión me entregaba a príncipes funestos cuyas medallas se hundían en el corazón de mis hijas.

Yo haré con los príncipes una destilación que será nociva para ellos pero excitante y dulce en la población como lo es el zumo reservado en vasijas muy oscuras.

No recurriré a la verdad porque la verdad ha dicho no y ha puesto ácidos en mi cuerpo y me ha separado de la exaltación.

¿Qué verdad existe en el vientre de las palomas?

¿La verdad está en la lengua o en el espacio de los espejos?

¿La verdad es lo que se responde a las preguntas de los príncipes?

¿Cuál es entonces la respuesta a las preguntas de los alfareros?

Si levantas una túnica encontrarás un cuerpo pero no una pregunta:

¿para qué las palabras desecadas en cíngulos o las construidas en esquinas inmóviles,

las instruidas en láminas y, luego, desposeídas y ávidas?

Y bien: ¿he sido yo alguna vez cínico como asfalto o pelambre?

No es así sino que el asfalto poseía mi memoria y mis exclamaciones relataban la perdición y la enemistad.

Nuestra dicha es difícil recluida en la belladona y en recipientes que no deben ser abiertos.

Sucio, sucio es el mundo; pero respira. Y tú entras en la habitación como un animal resplandeciente.

Después del conocimiento y el olvido ¿qué pasión me concierne?

No he de responder sino reunirme con cuanto está ofrecido en los atrios y en la distribución de los residuos,

con cuanto tiembla y es amarillo debajo de la noche.

La crueldad nos hizo semejantes a los animales sagrados y nos condujimos con majestad y concertamos grandes sacrificios y ceremonias dentro de nuestro espíritu.

Descubríamos líquidos cuya densidad pesaba sobre nuestros deseos y aquellos lienzos y las escamas que conservábamos de las madres se desprendieron de nosotros: atravesábamos las creencias.

Todos los gestos anteriores a la deserción están perdidos en el interior de la edad.

Imaginad un viajero alto en su lucidez y que los caminos se deshiciesen delante de sus pasos y que las ciudades cambiasen de lugar: el extravío no está en él, mas sí el furor y la inutilidad del viaje.

Así fue nuestra edad: atravesábamos las creencias.

Los que sabían gemir fueron amordazados por los que resistían la verdad, pero la verdad conducía a la traición.

Algunos aprendieron a viajar con su mordaza y éstos fueron más hábiles y adivinaron un país donde la traición no es necesaria: un país sin verdad.

Era un país cerrado; la opacidad era la única existencia.

Ciego en la inmovilidad, como basalto dentro de basalto, me poseyó el olvido. Este fue mi descanso.

Permanecí, permanecí, pero mi hábito es la retracción, la retirada hacia una especie maternal.

Y la virtud de mis oídos se adelgazaba dentro del silencio.

¿Cuál es mi bondad? ¿Cuál es mi alimento sin vosotros? ¿Quién juzgará a quien ha traicionado a la traición?

La pregunta es un ruido inútil en el idioma que sucede a la juventud.

Mi cuerpo pesa en la serenidad y mi fortaleza está en recordar; en recordar y despreciar la luz que hubo y descendía y mi amistad con los suicidas.

Reconoced mi lentitud y el animal que sangra dulcemente dentro de mi alma.

Vuestra limpieza es inútil. Ilumináis en las ejecuciones y la locura crece en este resplandor. Magnificáis a vuestros enemigos y vuestra imprudencia comunica con sus designios.

Haríais mejor abandonando, deshabitando un tiempo que se coagula en la dominación.

¿Qué es la verdad? ¿Quién ha sentido la verdad? ¿Quién ha vivido en ella fuera de la dominación?

Haríais mejor en residir en légamos. Yo no soy vuestro maestro pero sí vuestra profundidad a la que quizá no llegaréis.

Pálidos judiciales: ¿qué sois, qué sostenéis ante los muros aborrecibles?

Es otra complexión, es otra cólera la que me concierne:

mi madre es fértil en la cobardía;

mi corazón, temible en la dulzura.

Mi amistad está sobre ti como una madre sobre su pequeño que sueña con cuchillos.

No te pondré otra venda que la que está roída alrededor de mi cuerpo, no te pondré otro aceite que el que descansa dentro de mis ojos.

Ciertamente es una historia horrible el silencio, pero hay una salud que sucede a la desesperación.

Acuérdate de la paz en los comercios abandonados, acuérdate de la dulzura en las habitaciones donde se corrompía el olvido. Nadie tenía razón ni esperanza, ¿qué podíamos hacer?

Ahora pasan vencejos entre el nogal y su sonido tiembla sobre mí.

Tú, lejos, debes dormir entre alaridos, hijo mío, tú que acostumbrabas a enloquecer a los maestros y a las mujeres que se deslizaban debajo de tus dedos.

Puedes venir a repartir los alimentos y las mentiras delante de mi rostro. ¿Por qué quemas tu lengua en las bahías excavadas en pómez, por qué te abres a las semillas que no perdonan, a las linazas adventicias?

Puedes cantar en mis manos y te desdices encima de tu belleza.

Harías mucho mejor acercándote.

El incrédulo habita en un mundo de plegarias. Hay resplandor delante de sus ojos, los que estuvieron heridos por la indignación.

Es más sencillo proceder de un país suntuoso, de una memoria recamada de espejos —cada espejo con su vértigo, cada espejo con su profundidad llena de frutos— pero, de todas formas, desconfía de aquellas manos cuya blancura puede ser besada.

Es más sencillo despertar de un tiempo cuya hermosura no existió aunque se extendiera como un crepúsculo.

Acércate a quien se calienta con los excrementos de la justicia. Hay más honor en no tener razón.

Ahora mi paz está en avergonzarme de la esperanza.

Cada día tiene su metal, cada delincuencia su misericordia dentro de sí misma; el arco del suicida es conducido por el movimiento de la tierra; no me es posible decidir sobre el color del cielo, pero tampoco lo deseo más allá de mis ojos.

Todas estas palabras deben entrar en tu corazón.

No pongas lombrices encima de mi alma.

Mi memoria es maldita y amarilla como un río sumido desde hace muchos años.

Mi memoria es maldita. Más allá, antes de la memoria, un país sin retorno, acaso sin existencia:

hierba muy alta y dulce, siesta en la densidad: aquella miel sobre los párpados.

Era la exudación y penetraba el tiempo. Los insectos se fecundaban sin cesar y la serenidad nos poseía. Pero aquel tiempo no existió: sucedió en la inmovilidad como la música antes de su división.

Mi memoria es maldita y amarilla como el residuo indestructible de la hiel.

Yo extendía membranas sobre los gritos de inutilidad y esto era justicia, pero ¿qué ha quedado de mi alma?

No me busques en la justicia. No encontrarás mi cuerpo en iglesias ni en profecías insufribles como los tábanos en la lengua de los animales muy enfermos.

Mi amistad está sobre ti y tú no estas debajo de mi amistad. No soy yo el despojado: tu hermosura es tenaz, pero mi cansancio es más profundo que tu hermosura.

En los establos olorosos donde me envuelve la oscuridad yo recibo a la muerte y conversamos hasta que lame dulcemente mis labios.

No es tu virtud sino la mía; no es tu acidez la que detiene a los perseguidores; no son tus actos en la extremidad

sino mi corazón y su vergüenza, mi corazón aún,

y la sonrisa de los torturados.

Tu soledad es ávida. Tu color fluye de ti y se divide en largas médulas. En derredor no ves otra cosa que tú mismo.

Como el animal que ha masticado su placenta y como las gallinas que le rodean con ojos giratorios, de ambas maneras estás sucio en ti y alrededor de ti.

¿Por qué escupes dentro de tu alma? Mientes en la deposición. Yo en tu lugar mentiría más dulcemente.

Si tu corazón pesase en sus insignias, si tu riqueza fuese tu cansancio, aceptarías respirar, descansarías de ti mismo.

Yo, en los manjares previos a la muerte, hallo mi lucidez. No son más lascivos que tus lágrimas.

Siento mi calidad desnuda en su interior. Es líquida y he de cerrar los ojos.

La aversión merodea como un perro amarillo, pero mi desnudez trabaja en la piedad

y sobreviene como leche hervida.

Tú extiendes flujo de otro modo: hueles tu enfermedad en otros cuerpos. Nadie vendrá con una luz sobre tus llagas.

Tus uñas son azules sobre la misma madera que otros —los más cansados— pulen cada crepúsculo, cuando se lavan muertos en los patios y se recibe a la serenidad.

Mi desnudez es líquida hasta reflejar el rostro de los suicidas y los mendigos duermen largos sueños con sus oídos puestos sobre mi vientre y acaso escuchan la ira de sus madres pero duermen.

Yo en tu lugar mentiría más dulcemente.

Tu cuerpo silba en los arándanos. ¿Insinúas la libertad de las bestias protegidas por la conducta de los vientos?

Líbrate de la libertad antes de entrar en mí.

Tú eres veloz y oscura en los arándanos encendidos; eres profunda y bella como un rostro en el agua; tu piel es dulce. Pero mi lengua es sagaz

y tus oídos escuchan sin misericordia.

El silencio y sus círculos, el ácido que depositas sobre mi salud,

la suciedad obligatoria de mi alma:

este es el precio de la paz. Acuérdate.

Todas las pulsaciones comunicaban con tu cuerpo; la exudación te amplificaba. Yo me detengo en el saúco abatiéndolo y separándolo del esplendor, y cuando llego a ti te has retirado de las partículas: eras exacta en la limitación.

Es nocivo el deseo; vive en la anterioridad y su experiencia es cesar. Es confusión de la memoria.

No abras los cuerpos. Debes tomar los frutos antes de desearlos. No puedo decir por qué, pero estos juicios son deducibles de la muerte.

De otra manera, si yo despierto y tus pezones manan sobre mi boca y no sé tu nombre y me alimentas antes de abandonarme,

mi respuesta entra en ti y existe el tiempo como una reunión de aguas: estoy en ti y no he temido tu desaparición.

Si abres los ojos dentro de mi espíritu yo los ignoro, pero son grandes en la oscuridad.

No me persigas; no pongas leyes dentro de mis huesos. Estoy naciendo del cansancio; no pongas leyes sobre mi madre.

Yo estoy naciendo en otra especie y el exterior es lívido. Mis animales desconocen la delgadez de vuestros cuchillos y existen números en mi alma que todavía no comprendo.

En mi saliva hay yodo y polución de alheña, pero mi lengua decolora sombras y enciende luces que ya no existían.

¿Qué sabes tú de la mentira, qué sabes tú de las sustancias soportables?

¿Cómo entraréis en mi paciencia? Mi lengua es vieja en dos cortezas. Amo mas no deseo.

¿Cómo entraréis en mi paciencia? Incluso tú, si no envejeces, ¿cómo me entregarás tu juventud?

Las preguntas no existen en el idioma de la ocultación: todo está dirimido.

Es perverso el idioma, pero es enjundia de mi cuerpo.

Otros os engañáis con la esperanza.

En ciertos casos mis palabras podrían atravesar tus labios, entrar despacio en tu existencia; no lo que dicen sino las palabras mismas, su exhalación caliente como el amor.

Estoy hablando de la expresión, no de los gritos con que ocultáis la desnudez. Bajo los soportales estallan signos de impudicia: ámame, decís al transeúnte, ámame antes de la muerte. Y os entendéis en esta usura.

De otra manera, en otra lengua, yo te respiro sin encontrarte. Eres incierta y ésta es tu plenitud.

Así es la edad, así es la forma de mi tiempo.

Tu voz en dátiles sangrientos surge de las sustancias distribuidas sobre el mar

y su metal vuela en círculos, vuela con alas venenosas sobre ese cuerpo ya dorado, ya ciego en frutos demasiado dulces.

El algodón, más verde que los relámpagos de la infancia, exhala augurios que rehúsan la descripción del mar, la descripción del mar bajo los ojos sin misericordia.

Y los aceites femeninos hierven en la celebración del verano.

Este es el día del calor. Al pie del muro deseado por un sólo pájaro —el portador de lágrimas en las tardes de hastío— miras las urnas de la sal, la oxidación esbelta de los mástiles, la longitud mortal de las banderas.

Hay negación: heridas; líquidos procedentes del desprecio; labios en las espaldas de tus hijas...

Obscenidad, dulzura fúnebre, ¿quién no bebe en tus manos amarillas?

Puse la enemistad como un lienzo sobre tus pechos que eran olorosos hasta enloquecer en sus círculos amoratados.

Puse la enemistad en tus cabellos oscurecidos por la persecución

y la enemistad se extendió también sobre mi juventud.

Resistí hasta que las virtudes desaparecieron más allá de la nieve que entonces existía

y después retrocedí a mis legumbres y a las miradas en que yo soy reconocido.

No fue para consolarme aunque acepté monedas quizá más negras que las que existen en tu corazón,

sino para concertar sobre asuntos irremediables.

Es extraño que yo tiemble aún como un instrumento de amor;

es extraño deducir aún amor en humedales tan ocultos, en agujeros tan equívocos que hasta los mendigos orinan sobre cualquier sospecha de fructificación.

Yo penetré en tus huesos. Más allá de mi fuerza, más allá de la posibilidad retumbé en tu vientre: tantos días en ti hasta que tuve miedo;

tantas horas en ti hasta que tuve miedo;

tantos días hasta que comprendí que el miedo era el alimento de mi patria,

el conductor de mi espíritu hacia una vejez en que la perdición es utilizada como estiércol y la mentira trabajada hasta que hierve dentro de la boca...

La juventud me ha abandonado en esta delación.

Ahora, cuando existe una industria que cicatriza todas las ofensas y aquellas fístulas cuyo color alcanza al de las flores que fueron deseadas;

ahora, cuando sucedo a mi sacrificio y su hermosura está detrás de mí,

vivo en un día digno de ser vivido. Pero sabido es que el animal más veloz no alcanza a descansar debajo de su sombra.

Está bien, juventud: un día tuviste alas, pero tan sólo resta su almidón dorado y otros títulos polvorientos que yo podría dispersar mas no lo haré y por ello me serás fiel en tu mortaja.

En esta humedad viven máscaras diminutas, máscaras relucientes como la dentadura del murciélago, y su horror es aceptado porque un agua frutal se manifiesta y su naturaleza está en paz con lo que queda de nosotros.

Está bien, juventud, ¿por qué voy a olvidarte inútilmente?

Voy a pactar con tu desaparición y tú me serás dócil como manteca puesta sobre la garganta.

Este es el único día digno de ser vivido ya que todos los otros días fueron días de negación.

Los sacerdotes hicieron negación y los comerciantes y los hombres de honor hicieron negación;

y hubo negación en los niños y en los que resisten la tortura por causas justas y en los que estaban poseídos por la amistad;

y los muslos que yo conocí con mi lengua se cerraron y los pezones que estuvieron en vuestros labios se endurecieron como sílice.

Hubo un tiempo habitado por madres y por iluminaciones, pero después sucedieron días en que los cuerpos se buscaban y cada cuerpo acudía con su fuerza y entonces hubo delación y algunos murieron y otros retrocedieron hasta sus madres

y las madres estaban ciegas en sus vientres

y no existía lugar en aquel país

y cada hombre lloró en esta enseñanza y abandonó la ciudad y no se supo de él durante mucho tiempo.

Cuanto ha sucedido no es más que destrucción.

¿Sabes tú lo que es la destrucción? No, no lo sabes porque tu mirada era demasiado hermosa y no quisiste sobrevivirla.

La cobardía es el único don de la imposibilidad y la cobardía entró en mí y empezó a existir una dulzura que para vosotros habría sido despreciable;

pero vosotros, aún más desposeídos, merodeáis en torno a mi pobreza y no seréis rechazados ya que os recuerdo y estáis en mi necesidad.

¿No sabes entonces lo que es la destrucción?

Ningún olor tuyo permanece y aquel testigo entre tus piernas no fue salud en ti.

Tus gritos en la coronación, los que encendían las habitaciones, yacen abandonados como la camisa de las culebras.

Mi cuerpo sintió también la destrucción, pero la miró con los ojos de los padres y la mirada se deslizó más allá de la verdad.

Yo sí supe lo que fue la destrucción y me alimenté con hierbas escondidas y mastiqué mi nombre y conviví con las desapariciones.

Entretanto vosotros, jóvenes y veloces, no supisteis que la verdad se entinguiría:

deslumbrabais a los tribunales y erais esbeltos en la eyaculación.

Poco después fuisteis dispersados y vuestra belleza no lució en las pértigas.

Sólo hubo resistencia en aquellos cuerpos que antes habían

sido castigados y padecieron la incredulidad y se ocultaron en el silencio.

Ahora os ruego que os acerquéis. He aquí los residuos. Su vibración es aún abrasadora para lo que queda de vuestras manos;

yo exprimiré tinieblas sobre vuestros labios y la pobreza entrará en vuestra memoria.

Hay azúcar debajo de la noche; hay la mentira como un corazón clandestino debajo de las alfombras de la muerte;

hay otra negación; otra es la ley dentro de las esponjas que vosotros aborrecíais;

otra es la ley en las estancias donde el miedo habla.

Donde viven los padres ofendidos.

Las hortensias extendidas en otro tiempo decoran la estancia más arriba de mi cuerpo.

He sentido el grito de los faisanes acorralados en las ramas de agosto.

Un animal invisible roe las maderas que también están más allá de mis ojos

y así se aumenta la serenidad y prevalece el olor de la mostaza que fue derramada por mi madre.

Yo convalezco en sábanas limpias que me preservan de los insectos y los cristales de mi infancia permiten la imposición de una luz que les antecede en muchos días desde que existió la solemnidad y la pureza.

En este espacio me he reunido con tu dulzura, la que traicionaste delante de mis ojos.

Ahora eres obsequioso y pacífico como el aceite que se reserva para los agonizantes;

ahora me contienes con tus manos y me descubres todos los gestos de tu rostro menos los que deben ocultarse:

tantas veces pusiste la boca sobre las heridas, tantas te desdijiste como una liebre tenebrosa...

Asediado por un azufre que no podías soportar en los alimentos,

¡tantas me recibiste en tu mirada y me participaste una escritura de carmines abrasados, tantas te desplomaste en mi existencia...! Fue una época damnificada.

Tú invocabas al chamariz y hacías que los árboles se inclinasen sobre nosotros en tardes inmóviles mientras la policía escribía nuestros nombres.

Otros días cantabas poseído por el alcohol y lo que rebosaba era azul sobre las mesas desgastadas por la lejía.

Una senda de aulagas conducía hasta tu casa donde siempre era invierno. ¡Ah cómo sentía tus dientes y cuanto tiempo te escuchaba,

cómo esperaba tu desaparición amándote!

No me dejaste otra señal que tu rostro celebrado por el llanto de las mujeres.

A tu belleza se inclinaba la serenidad, viuda tuya desde hace mucho tiempo, viuda desposeída de tus sábanas.

Esto fue cuando, atraído por el acónito, penetraste en sus cámaras;

esto fue cuando comenzó el silencio.

Tú distribuías la nostalgia de cuanto es honorable y concertado con la pulsación de los pueblos.

No quisiste ser alabado por ello sino por el horror, tu ciudadanía en aquel tiempo.

La ceniza de tus uñas se refugiaba en las escrituras y en aquellos templos cuyas maderas están señaladas a cuchillo y con la grasa de los animales torturados.

Tú, más veraz que yo porque me excedías en vigilancia,

me conducías a los lugares en que es posible saborear el cardenillo y el acero.

Durante un instante me visitó un crepúsculo cuya profundidad no me pertenece.

Regresé. Regresé hasta donde los padres son cautos y perseguidos en sus huesos,

pero no es éste el armisticio que yo compré sobreviviéndote.

Repito que ahora eres obsequioso y que me acompañas al espacio en que las hortensias son persistentes.

Más allá, en los desvanes, siento un bramido de palomas: es un país nupcial. ¿Conoces tú la virtud de las palomas en sus excrementos?

En aquél y en éste te recibo y sólo así, mirándome en tu rostro, el que se manifiesta a través de una membrana incorruptible,

no en el furor que predicaban tus dientes aunque me amases dentro de mi madre.

En aquél y en éste te recibo y mi deseo es alimentarme con tu bondad, pero también con los aromas que te sobreviven.

Siéntate en medio de las ruinas, siéntate con dulzura en el medio o al borde de las ruinas.

Son nuestra única propiedad y yo comienzo a distinguir algunas semillas y láudano y ciertos coágulos obedientes al ejercicio de la luz.

De esta pasión, de los proverbios posteriores a tu vértigo, del animal que llora y su piedad está sobre nosotros,

tú deducirías lacre y lo pondrías en mis ojos, o quizá limaduras de níquel y otras materias aborrecibles.

Sin embargo tú amabas la suntuosidad de las banderas en el azul, encima de las bodegas.

¿Sabes qué es el olvido? ¿Qué has encontrado tú en la reserva del olvido?

Todas las enseñanzas se extinguieron como carburo en el fondo de galerías inacabadas;

todas las enseñanzas menos la palpitación del bosque y algunas huellas sobre mi carne.

El río desciende aún y yo no siento ahora sino el olor del agua.

Tus hijos y mis hijas se sumergen en el río y los que no olvidaron no se acercan nunca porque serían recibidos y quizá entrasen en nuestros cuerpos y morirían.

¿Has pensado en la paciencia, has pensado en la paciencia semejante a ónice, en la paciencia excavando tumbas en el sonido, abandonando telas inicuas a los vientos que llegarán, que llegarán como cada vez después de las expulsiones?

La ciudad no está limpia, pero en los ejidos hay irritación y el cornezuelo y el centeno cohabitan y crece un alimento que será comido por nuestros hijos.

Yo no tengo esperanza sino una pasión cuyo nombre tú no vas a decirme.

Yo no tengo esperanza sino una pasión cuyo nombre no va a tocar tus labios.

He cruzado mi infancia y países de morfina y largos bosques en los que descansé y grandes alas pasaron sobre mis ojos.

En los lugares a los que yo acudo al atardecer hay frutos muy espesos de los que hago recolección y mis dedos son abrasados por las luciérnagas, pero yo hago recolección y me demoro en acudir a otros lugares, a las alcobas donde mi madre envejece más allá de mi vejez.

Y las palabras, fiebre bajo las tégulas, grumos retrocediendo, hieles que enloquecían bajo el disfraz del sueño,

¿qué son, qué hacen en mí cuando se ha extinguido la verdad?

De la verdad no ha quedado más que una fetidez de notarios,

una liendre lasciva, lágrima, orinales

y la liturgia de la traición.

Las hortensias extendidas en otro tiempo decoran la estancia más arriba de mi cuerpo.

¿Qué lugar es éste, qué lugar es éste? ¿Cómo estás aún en mi corazón?

Vi la muerte rodeada de árboles (árboles más esbeltos que el llanto de tus hermanas), urces en el fulgor y la serenidad.

Vi sombra azul distribuida en sernas, sólo advertida por animales tan antiguos como mi corazón, por emisarios muy cansados;

la deserción sobre la boca que yo amaba (grandes banderas ante los espejos del suicidio)

y la esperanza dentro del acero.

El otoño se expresa como pájaros invisibles. ¿Qué harías tú si tu memoria estuviera llena de olvido, qué harías tú en un país al que no querías llegar?

Pesan las máscaras de la pureza, pesan los paños sobre la forma de la patria.

La vergüenza es la paz. Yo acudiré con mi vergüenza.

Pasan los cuerpos hacia la tortura y otros son ágiles en las posturas del amor, pero la sabiduría aumenta en cálices más profundos.

¿Qué harías tú si tu memoria estuviera llena de olvido? Todas las cosas son transparentes: cesan las escrituras y cae lluvia dentro de los ojos.

Nuestros labios envejecieron en palabras incomprensibles.

Días de labranza extendidos más allá de las aguas,

lenguas laborables y el centeno bajo el invierno:

así es el mundo delante de mis ojos.

El ganado de vientre pasa sobre la nieve y el aceite llama desde los establos.

En esta hora retirada, mientras actúa la nuez vómica como algodones exprimidos dentro de una llaga,

silban las cuerdas depositadas en mi alma, silban los números perseguidos.

Mi cabeza arde en las profecías, pero los dioses hablan de incredulidad:

más sigilosos son que uñas bajo la nieve.

Ah, días tardos, alas sobre el umbral, seres que me nombráis con insistencia llena de aguas,

vuestra memoria está en mí como la vianda del pájaro verdugo:

pronto anochece y queda un sabor a muérdago corrompido.

Manchas de óxido, grasa sobre carbones, lienzos en las porcelanas purpúreas...

Todos los signos pesan en mi corazón mientras mis hijas hablan en los espejos.

Pero la edad es como el vaso del arrepentimiento.

Este es el líquido que beberán mis labios.

Cada distancia tiene su silencio

y lápidas asistidas por animales portadores de calcio hasta después de la muerte.

Hay más memoria de su peso que de la ira de tu espíritu.

¿Gritan aún en el relente aquellos pájaros sin descanso?

No, no son éstos ni aquellas madres erguidas en el furor, ágiles ante paredes ensangrentadas; no es la humedad extraída de ojos que fueron grandes sobre cadáveres muy amados ni las alcobas encendidas hasta el amanecer.

No es ningún manto que hayas usado sobre tu corazón.

Coronado de yemas negras, como el fresno en sus días de clamor, tú ves las murias señaladas con las ventanas del presidio, tú ves los márgenes de la extinción,

y la pureza del error se dibuja con lentitud de alas más transparentes que su propio impulso, con lentitud más líquida que las sustancias transmitidas en generaciones: sabor de cobre bajo la lengua de los recién nacidos, sabor a fuego bajo la lengua de los hombres más tristes.

Cada distancia tiene su descanso. No hay erección en los residuos de la ira,

y las mujeres no esplenden bajo los árboles de la quietud.

Qué signos quedan de las partículas del incendio. Aquellos labios que respiraban...

Y, en los almácigos, ¿quién profundiza más que en su corazón?

No maduraron frutos escondidos, no respigaron manos endurecidas en la inocencia.

La acusación, servida por las voces más puras, abre los manantiales y ya es tarde.

Este país no fue abrasado por un viento, no fue raído por un rebaño.

La perfección de la muerte está en mi espíritu.

Tu serenidad era la servidora del desprecio.

Como a animales sosegados, hartos de indiferencia, nos conducías a la frecuentación de los notables y a las acacias inmóviles sobre la oscuridad del río.

Tu suavidad purpúrea y tu murmuración eran dóciles. Te detenías bajo las lámparas y los insectos blancos aparecían sobre ti.

Como a espejos exhaustos, nos acercábamos y nuestros rostros se revelaban al desaparecer.

Hay un relato y es la humedad que sucedió el mismo día de tu muerte: tus largas túnicas solicitadas por mujeres o respetadas en los urinarios. Es lo que queda de ti: una ciudad más ácida.

Ese eras tú: nuestras palabras aniquiladas en tus oídos.

Hubo denuncia y extensión de sábanas. Y ciertos pasos en el exterior.

Alguien ha gemido mientras la noche cae sobre la ciudad.

¿Quién ha gemido tras el cinturón de álamos, en las praderas excavadas donde los hielos ciñen el pedernal?

La ciudad ha sido rodeada por un gemido.

¡Puertas clavadas ante mí, puertas de ocultación! Siento la inmovilidad espesa como una sustancia.

Un olor a mercados crece bajo el crepúsculo: grasa y laurel en las maderas, tazas pesadas de alimento, telas usadas en la carne, hierros muy fríos. Todas las cosas comunican miedo y los caballos agonizan en campamentos muy lejanos.

Un olor a mercados es el olor de mi alma.

Vi grandes mujeres en los patios (y aquellas lenguas que resplandecían).

Eran grandes y blancas. Más tarde, en las habitaciones, lavan sus cuerpos y sus cabellos descienden.

Algunas madres demasiado viejas llegan hasta los postigos, pero son alcanzadas por hijas vertiginosas que las devuelven a sus alcobas.

Así es el interior: sábanas extendidas y las ancianas en la ictericia. Algunas lloran sobre palanganas o en el resplandor de los braseros.

Y la defección de los hombres: los que cruzaron terraplenes y los que poseen la ciudad, éstos cuya quietud es mortífera;

éstos —bajo los cueros aceitados— cuya mirada tiene la agilidad del mercurio y andan protegidos por la belleza de las acacias

(los que silban en un cuchillo y los que alumbran en los almacenes,

los que describen rostros con ademanes muy exactos).

De los desvanes baja un clamor de palomas. Es el sonido de mi infancia.

Mis propiedades son débiles: un tejido de cáñamo, leche —azul en los bordes— y la contemplación de los espías.

Estas son las huellas de mis ojos, las condiciones de mi alma.

¿Quién ha gemido tras el cinturón de álamos? Hay noticias de invierno y los perros copulan tristemente sobre la escarcha.

Una rama de espino ha penetrado en mi corazón y sin embargo no he despertado de este sueño.

Una mujer, absorta en la blancura, ciega en lienzos inmóviles, habla de mí en un tiempo conmemorado; dice mi nombre en otra edad, bajo las hojas de un gran viento. Es madre de muertos y este poder está en su lengua.

Como el acebo en un lugar de hielos, mi nombre aumenta en formas invisibles,

y, sometida a aquel silencio, se abre la luz de la desaparición.

Temblor de cauces invertidos, gestos de rostros improbables: es lo que queda de sus actos. Antes pasaron días; eran crecientes en serenidad,

eran espesos en mis párpados.

Una mujer dibuja descripciones (el resplandor está en la muerte; como el acero en largos filos, el resplandor está en la muerte):

la tierra hirviendo (aquel clamor sin ruido), y la sustancia encarcelada hirviendo. Una extracción de hombres hacia lugares fosforescentes, hacia los lavaderos comunales, bajo el milano del amanecer,

y, macerados en sus dientes, sacrificados en sus cálices, días bajo las aguas infectadas.

La realidad se ahuyenta en estos labios tan sólo expertos en formas invisibles.

Cesa el fermento de mi infancia; cesa el horror y su oquedad es grande.

Tierra desposeída de sus tumbas, madres encanecidas en el vértigo.

Es lo que queda de mi patria.

La acusación estuvo demasiado tiempo dentro de tu lengua.
Eres tardío como las sustancias destinadas a la dulzura.

Lames mi piel hasta que brotan signos y tus sollozos forman
bóvedas en mi corazón

pero mi piedad está habitada por animales muy esbeltos, por
animales persuasivos y otros versados en la fugacidad.

Sólo tú eres exterior y horrible: el que robó mis actos y no
duerme;

el que está ciego en la serenidad.

¿Quién habla en ti, quién es la forma de tu rostro?

Guárdate de quien se alimenta con el perfume del suicidio,
guárdate de mí porque la negación ha tocado mi cuerpo.

Tu alma está fatigada, pero eres alto en la fatiga: hablas a dioses extinguidos.

No hay semejanza en ti: hay infección y fuego dentro de tu
lengua, pero tu enfermedad es la pureza.

Subes hasta un lugar de espinos; tocas el borde del crepúsculo.

Eres tardío como las sustancias destinadas a la dulzura. No hay semejanza en ti.

Yo he puesto días en mis ojos y mis acciones son como el olor de la resina en un lugar profundo.

Sólo vi luz en las habitaciones de la muerte.

La indiferencia está en mi alma. Es la vejez de la misericordia.

Esta es la hora más antigua y mi corazón resbala hacia la astucia.

Aún mis dedos son ágiles en las úlceras y alcanzan rostros protegidos por el desprecio pero mi lucidez está ofrecida a la muerte.

Tú eres voraz en el crepúsculo:

Tu resistencia es húmeda; tu lengua, fértil en mi boca.

Sorbes el miedo con tus labios; tu desnudez es grande.

Pero el placer es máscara de la memoria.

¿Quién habla aún al corazón abrasado cuando la cobardía ha puesto nombre a todas las cosas?

En los estercoleros interpuestos entre mi espíritu y la ciudad, en los espacios de la confusión, y más allá, en las cocinas aceitadas por la tristeza,

habla un ser perseguido; habla sobre las úlceras inmóviles. Su alma ve en la falsedad, sus labios pesan en las pausas ilícitas.

¿Quién habla aún al corazón abrasado?

Un sonido en la muerte: mis oídos llenos de luz y las palomas elevadas sobre los actos de la policía.

Como en aguas coléricas, mi rostro es bello en este acero; ah, multitud sin tasa, felicidad de la ira.

¿Y tú te ocultas, el habitante de mi alma?

¿Quién miente aún en el dormitorio de tu madre?

Hoy es el día de la reflexión más hermosa, el día de despreciarme dentro de tus ojos.

He temido tanto a la vida como a la muerte; hay luz sobre esas cajas vacías,

piedras en la cabeza de mi madre,

largas acusaciones bajo las cifras del invierno.

Los funcionarios y las viudas enmascaradas con la piel de sus hijos escribieron páginas incandescentes y tú dormías en sus brazos; tú descansabas en sus brazos y la escritura penetró en tu vientre.

Tú no soñabas con la libertad.

Hoy es el día de la reflexión más hermosa y los vencejos contemplan la expiación en las terrazas donde la claridad es perfecta,

donde me obligas a la lucidez sin causa.

Mas la dulzura azul —aquella sombra en el mercurio— y las alondras que acudían a tantas ubres atormentadas se han deslizado dentro de tus ojos.

Tú eres el día del desprecio.

La yerba como un silencio. La yerba atravesada por los insectos tercos en la felicidad.

Este descanso que no cesa bajo las páginas soleadas... Vigilad esa yerba.

Esta es la luz acumulada por difuntos y códices atribuidos al incesto, a las historias con animales fugitivos.

Todo es mortal en la serenidad; hay un país para el desengañado,

y su visión es tan blanca como la droga de la eternidad.

Tú, en la despensa de los híbridos, abres el libro de la envidia, lees cantos eléctricos aprendidos de tus hermanos, eres azul en la indignidad.

Mi porvenir se aloja en el arrepentimiento. Ante tus jícaras vacías mi porvenir es partidario de los insectos.

Y el corazón pesa en obras agotadas.

¿Qué sabes tú de la mentira? Bajo la costra del hastío, en la urticaria del cobarde,

un metal distinguido, un racimo de uñas abrasadas

profundiza en la muerte. Es la pasión de la inutilidad;

es la alegría de las máscaras reunidas en el estudio de la yerba, verdes y codiciables en los estuarios de la sombra,

única especie conciliada, única y resistente a la pericia del recuerdo, a la censura de los hombres cansados; fresca como un grito de alondra bajo las aguas.

Ah la mentira en el corazón vaciado por un cuchillo invisible.

La naturaleza de los cuerpos es fingir la existencia y este conocimiento es el fin de un espíritu rodeado por ávidas gallinas en los preámbulos.

Lee en las láminas de vidrio: los argumentos del placer y los capítulos de la destrucción atravesados por una sola mirada. ¿Quién habla en esta transparencia?

Sólo es legible el libro de lo incierto.

El afilador que posee en sus cánulas una sola nota, clara como una serpiente, creadora de la niñez en un espacio de hombres vigilados, no es más feliz que su propia música destinada al invierno.

Así es el rostro de tu madre.

Nuestra pasión es trivial: una enseñanza atribuida a pájaros sobre la nieve, a los volúmenes cuya visión es la forma más perfecta de la tristeza.

Y la convicción crece únicamente en el paladar de hombres aptos para la administración de la muerte, hombres cuyas azumbres están llenas de líquidos más decisivos que el dolor.

Mas, los incrédulos, desposeídos de conducta, ¿qué iglesia luce en nuestros gemidos?

Hay indicios en narraciones impecables: el vendedor de higos chumbos cuya pobreza está bajo la luz y sonreía cerca del cuchillo y la limpieza de su acto era una lámpara increíble, una prueba exquisita de la inexistencia coronada de gritos en la celebración del mercado.

O, en los jardines del verano, el muro quieto en la imposibilidad, externo a un espesor de líneas invisibles, un espesor dotado de melancolía.

O, más aún, en tu chaqueta abandonada y entreabierta, es decir, en una forma que describe tu desaparición.

Esta perplejidad es la conciencia. El miedo ejerce de pastor, pero no sabes más de ti que un animal absorto sobre el agua.

La contradicción está en mi alma como los dientes en la boca que habla de misericordia.

La confusión está en mi alma y pienso en ríos al deslizar mi lengua en las mujeres que se apiadaron de mis ácidos. Mi salud es lasciva ante esas grandes ventanas.

Estos enjambres... Y la blancura de tu espalda, el caminante ciego que vas delante de mí,

o, en esas tazas pulimentadas por el vértigo, el alimento azul, el preparado para la hora de la muerte.

Largos silbidos llegan desde los patios. Yo escucho hasta la hora más tardía y el mundo es oquedad y la hermosura de los adulterios hierve en el fondo de los vasos de noche.

Así es la víspera de un día. La leche anuncia la mañana.

¿Qué ley es ésta en mis oídos?

El olvido es mi patria vigilada y aún tuve un país más grande y desconocido.

He retornado entre un silencio de párpados a aquellos bosques en que fui perseguido por presentimientos y proposiciones de hombres enfermos.

Es aquí donde el miedo ve la fuerza de tu rostro: tu realidad en la desaparición

(que se extendía como la lluvia en el fondo de la noche; más lenta que la tristeza, más húmeda que labios sobre mi cuerpo).

Eran los grandes días de la traición.

Me alimentaba la fosforescencia. Tú creaste la mentira entre las piernas de mi madre; no existía el dolor y tú creaste la compasión.

Tú volvías a las hortensias.

Y sollozaste bajo la lente de los comisarios.

Y vi la luz de la inutilidad.

Mi boca es fría en las plegarias. Este relato incomprensible es
   lo que queda de nosotros. La traición prospera en corazones
   inviolables.

Profundidad de la mentira: todos mis actos en el espejo de la
   muerte. Y los carbones resplandecen sobre la piel de héroes
   aún despiertos en el umbral de la imbecilidad.

Y ese alarido entre cristales, esas heridas que no son visibles
   más que en el instante del amor...

¿Qué hora es ésta, qué yerba crece en nuestra juventud?

*León y La Vega de Boñar: diciembre de
1975-diciembre de 1976.*

VII
Lápidas
(1977-1986)

En la quietud de madres inclinadas sobre el abismo.

*En ciertas flores que se cerraron antes de ser abrasadas por el infortunio,
antes de que los caballos aprendieran a llorar.*

En la humedad de los ancianos.

En la sustancia amarilla del corazón.

I

Gritos sobre la hierba y el huracán de púrpura.

Giráis envueltos en banderas y exhaláis con dulzura.

Obedecéis a ancianos invisibles cuyas canciones pasan por vuestra lengua.

Ah, jóvenes elegidos por mis lágrimas.

Tras asistir a la ejecución de las alondras has descendido aún hasta encontrar tu rostro dividido entre el agua y la profundidad.

Te has inclinado sobre tu propia belleza y con tus dedos ágiles acaricias la piel de la mentira:

ah tempestad de oro en tus oídos, mástiles en tu alma, profecías...

Mas las hormigas se dirigen hacia tus llagas y allí procrean sin descanso

y hay azufre en las tazas donde debiera hervir la misericordia.

Es esbelta la sombra, es hermoso el abismo:

ten cuidado, hijo mío, con ciertas alas que rozan tu corazón.

Asediados por ángeles y ceniza cárdena enmudecéis hasta advertir la inexistencia

y el viento entra en vuestro espíritu.

Respiráis el desprecio, la ebriedad del hinojo bajo la lluvia: blancos en la demencia como los ojos de los asnos en el instante de la muerte,

ah desconocidos semejantes a mi corazón.

Vi la sombra perseguida por látigos amarillos,

ácidos hasta los bordes del recuerdo,

lienzos ante las puertas de la indignación.

Vi los estigmas del relámpago sobre aguas inmóviles, en extensiones visitadas por presagios;

vi las materias fértiles y otras que viven en tus ojos;

vi los residuos del acero y las grandes ventanas para la contemplación de la injusticia (aquellos óvalos donde se esconde la fosforescencia):

era la geometría, era el dolor.

Vi cabezas absortas en las cenizas industriales;

yo vi el cansancio y la ebriedad azul

y tu bondad como una gran mano avanzando hacia mi corazón.
Vi los espejos ante los rostros que se negaron a existir:

era el tiempo, era el mar, la luz, la ira.

A la audición del mundo bajo una piel trabajada por dedos silenciosos,

a los residuos de la misericordia amordazada por tráficos civiles, por semanas inmóviles,

el bronce baja como una gran lágrima que antes hubiera abrasado el corazón de Julio (el corazón insomne bajo grandes campanas).

Mas las apariciones duermen un sueño del que sería inútil despertar

y la belleza extiende su aceite sobre estos grandes durmientes, sobre sus llagas clamorosas

y la pobreza enseña su majestad corpórea

y se advierte la forma del destino.

Dime quién eres antes de acercarte más a mi corazón, tu nombre en la ciudad que existe detrás de ti,

la que fue joven en tus ojos y aún recuerdas antes de entrar en los ambulatorios donde la patria habla a tus sobrinas parturientas.

Dime quién eres entre los grandes brazos de Jesucristo, en la chaqueta de las madres, en la dulzura de los hombres cansados;

dime tu edad frente a los muros donde coinciden Luis y sus dos almas (la que llora y la que estudia la agilidad de la muerte);

dime tu error y si hay difuntos en tu lengua,

dime tu nombre ante el abismo, Úrsula.

A la inmovilidad del gris convocado por un pájaro silencioso,

bajas llorando.

Hay un mar incesante que desconoce la división del resplandor
   y la sombra,

y resplandor y sombra existen en la misma sustancia,

en tu niñez habitada por relámpagos.

Oigo hervir el acero. La exactitud es el vértigo. Ah libertad inmóvil, ejecución del día en la materia nocturna.

Es tu madre el clamor, pero tus manos abren los párpados del abismo.

De resistencias invisibles surge un rumor de límites:

ah exactitud de mar, exactitud sin nombre.

Puedes gemir en la lucidez,

ah solitario, pero entonces líbrate

de ser veraz en el dolor. La lengua

se agota en la verdad. A veces llega

el incesante, el que enloquece: habla

y se oye su voz, mas no en tus labios:

habla la desnudez, habla el olvido.

Hierves en la erección, dama amarilla,

y estas son aguas preteridas, líquidos invernales.

Dama en mi corazón cuya luz me envejece:

eres la obscenidad y la esperanza.

En la oquedad de Dios, ah paloma viviente, te obligué a la lectura del silencio. Y fulgías.

Tú eres corporal en dos abismos,

azul entre dos muertes, entre dos lenguas físicas.

Ah paloma final, va a ser noviembre.

Todos los animales se reúnen en un gran gemido y su dolor es verde.

Tú acaso piensas en desapariciones; veo humedad sobre tu alma.

Háblame para que conozca la pureza de las palabras inútiles,

oiga silbar a la vejez, comprenda

la voz sin esperanza.

II

Delación del verano

Dios y su máscara. Oyes a los insectos que se alimentan en tu alma

y, de pronto, un árbol dice su clamor y arde la lengua del olvido

y todo acaba en transparencia, en formas cuya verdad no se concede

hasta que las espumas queman el corazón de hombres desconocidos y los caballos hablan de aquella sangre, de aquel aire extinguido en los patios de España,

de aquella tierra sin descanso,

de aquel olvido lleno de sangre.

Diván de Nueva York

Tú en la tristeza de los urinarios, ante las cánulas de bronce (amor, amor en las iglesias húmedas);

ah, sollozabas en las barberías (en los espejos, los agonizantes estaban dentro de tus ojos):

así es el llanto.

Y aquellas madres amarillas en el hedor de la misericordia:

así es el llanto.

Ah de la obscenidad, ah del acero.

Vi las aguas coléricas, y sábanas, y, en los museos, junto a la dulzura, vi los imanes de la muerte.

Te desnudaron en marfil (ancianas, en los prostíbulos profundos) y te midieron en dolor, oscuro:

así es el llanto, así es el llanto.

Ten piedad de tus labios y de mi espíritu en los almacenes;

ten piedad del alcohol en los dormitorios iluminados.

Veo las delaciones, veo los indicios: llagas azules en tu lengua,
números negros en tu corazón:

ah de los besos, ah de las penínsulas.

Así es el llanto;

así es el llanto y las serpientes están llorando en Nueva York.

Así es el llanto.

Viernes y acero

I

Era un tiempo equivocado de pájaros. No existía otra luz que la de una gran sábana cuya urdimbre desconocíamos. Era julio en el aire, pero los balcones se abrían sobre febrero y la muerte. La cal hervía amenazada por la sombra y los pasillos conducían al zaguán del miedo. En las estancias, algunas madres se inclinaban para escuchar el llanto de hijos que aún habían de nacer (hijos asidos al delantal sangriento).

El jaramago estuvo dentro de mi boca. Ah, falta agua en los arroyos; la envidia avanza como el aceite sobre cartones amarillos. Sé que alguien grita en el incendio, y Juan Galea, con una espuerta de ira, baja despacio a la misericordia.

Este es el día del acero; su resplandor entra en los ojos de los muertos. Madre indistinta, líbrame de quien se oculta entre palomas, cubre mi rostro, sálvame del viernes.

II

El escultor del miedo hunde sus manos en el silencio y reduce sus formas a la amargura de los héroes, mas el silencio crece y sus lentos cuchillos entran en los sepulcros.

Era la luz, pero no era el día; ah conducta del viernes en el metal de la desesperanza: ya no hay recuerdo de los manantiales; nada está limpio y el dolor se anuncia en recipientes honorables.

Corazón aciago, corazón hirviendo: baja, pues, entre cáñamos, asiste a la tortura de animales ciegos; éste es el día del acero; baja no obstante hasta el lugar impuro, allí tu hueso corporal descanse.

Canción de los espías

No hay salud, no hay descanso. El animal oscuro viene en medio de vientos y hay extracción de hombres bajo los números de la desgracia. Silban los muertos en tus labios; no hay salud, no hay descanso. Crece el negro bramido y dispersa los filos del silencio, y tú interpones tu entereza, tu lentitud diurna y los estambres más tristes (bajo un sol incesante, con un cuenco de llanto, en la raíz morada del augurio) y las madres contrarias, cuya visión se forma en el relámpago, deslizan sus miradas amarillas en un bosque de lápidas.

¿Gimen aún los pájaros? Todo está ensangrentado. Sordo en el fondo de la música, ¿debo insistir aún? Hay vigilancia en el lugar más triste de la ciudad, en los jardines interpuestos entre mi espíritu y la precisión funesta de los espías. Hay vigilancia en las iglesias y la persecución entra en mi alma.

Suciedad del destino

¿Quién viene dando gritos por entre calles blancas? ¿Quién anuncia el verano con campanas horribles? Mi corazón escucha a las hormigas; mi corazón escucha la actividad del gran muerto en su eternidad ensangrentada, mientras entra la sombra en los espejos y los mendigos se ejercitan en la delación.

La crueldad se enciende en las bujías y arden los párpados de los grandes durmientes. Altos, frenéticos escribas hacen las leyes de los derrotados. Y vienen días infecundos, láminas sin honor, horas cansadas. Vierten acónito sobre la lengua que saludaba a los crepúsculos y, en este punto, arden banderas entre laureles. Desde este día las ciudades están marcadas con las sentencias de los grandes perjuros. En las aguas más lentas, la suciedad se extiende y esta sustancia entra en el destino.

La enemistad crece en nosotros y la esperanza cohabita con el desprecio. La cobardía es nuestra patria más frecuente, pero ¿quién es, al fin, el verdadero muerto? Su belleza está entregada a los insectos, mas sobrevive entre torrentes. Alimentado en el hastío, alimentado por una flor infecciosa, él es esbelto en la injusticia. Ahora duerme y, de sus labios, oigo el gemido que te nombra.

León de Tábara

Un silencio de hormigas, un frenesí de esparto. Ah corazón clamando ante los almacenes. Ya no hay sábados; bajas a las iglesias, a los departamentos de la muerte y ves la luz de la infelicidad; yaces y las serpientes pasan sobre las murias derruidas.

Veo la juventud ciega en los atrios, la grasa negra de las negaciones. Fulge tu lengua entre sarmientos, tu palabra sobre los mástiles. Mas la pureza no se extiende, no diluye en las aguas el acero, no deshabita las comisarías. Ah corazón clamando por una tierra sin olvido, por un país donde los pájaros se suicidan al amanecer (como aquel camarada entre la pobreza y el relámpago), viejo tenaz ante las rastrojeras, viejo que aún lloras sobre llagas fértiles: dame tu látigo y tus lágrimas, no me abandones todavía.

Agonizabas sobre los espejos y no arrancaste de tu rostro el rostro de tu madre. No te pierdas aún, préstame algo, dame tu incendio, tu piedad estéril, tus zapatos, tus hernias, tus alondras, el huracán de tu melancolía y el gran aviso de tu dedo negro, para que no muera más de mala muerte la criatura del dolor: España.

III

Aquel aire entre el resplandor y la muerte se hace sustancia que no alcanzan a borrar los días y los vientos. El contenido de la edad son estos lienzos transparentes.

Signos exactos e incomprensibles. Están en mí con el valor de una llaga; algunas cifras arden en mis ojos.

El cinturón de álamos es oloroso bajo los manantiales de marzo y en los vertederos se insinúan flores lívidas junto a la fermentación de las hogueras subterráneas. Son las flores cándidas y venenosas de los extrarradios y su fertilidad conduce a la infancia, a una población de establos en el camino de Trobajo, donde existía un vértigo azul presidido por el milano y animales muertos entre las sendas y las viñas. Eran los días grandes. Para siempre, la ciudad fue fundada en la claridad del miedo.

Desde los balcones, sobre el portal oscuro, yo miraba con el rostro pegado a las barras frías; oculto tras las begonias, espiaba el movimiento de hombres cenceños. Algunos tenían las mejillas labradas por el grisú, dibujadas con terribles tramas azules; otros cantaban acunando una orfandad oculta. Eran hombres lentos, exaperados por la prohibición y el olor de la muerte.

(Mi madre, con los ojos muy abiertos, temerosa del crujido de las tarimas bajo sus pies, se acercó a mi espalda y, con violencia silenciosa, me retrajo hacia el interior de las habitaciones. Puso el dedo índice de la mano derecha sobre sus labios y cerró las hojas del balcón lentamente.)

Los jueves por la tarde se cerraba la escuela y los chiquillos nos reuníamos para una expedición prohibida que se iniciaba sin concluir nunca; quiero decir que nunca llegó a alcanzar el gran árbol prometido, un moral de dulcísimos frutos negros. Pero nosotros íbamos. Atravesábamos las ortigas. En las acequias desecadas había sombra y pedernales, y, en ciertos sitios, herramientas, huellas de labradores enviados por sus madres a territorios innombrables, lejos de la virtud de los fielatos, que entonces eran habitación de los espías.

Pasaban trenes en la tarde y su tristeza permanece en mí.

Sucedían cuerdas de prisioneros; hombres cargados de silencio y mantas. En aquel lado del Bernesga los contemplaban con amistad y miedo. Una mujer, agotada y hermosa, se acercaba con un serillo de naranjas; cada vez, la última naranja le quemaba las manos: siempre había más presos que naranjas.

Cruzaban bajo mis balcones y yo bajaba hasta los hierros cuyo frío no cesará en mi rostro. En largas cintas eran llevados a los puentes y ellos sentían la humedad del río antes de entrar en la tiniebla de San Marcos, en los tristes depósitos de mi ciudad avergonzada.

Eran días atravesados por los símbolos. Tuve un cordero negro. He olvidado su mirada y su nombre.

Al confluir cerca de mi casa, las sebes definían sendas que, entrecruzándose sin conducir a ninguna parte, cerraban minúsculos praderíos a los que yo acudía con mi cordero. Jugaba a extraviarme en el pequeño laberinto, pero sólo hasta que el silencio hacía brotar el temor como una gusanera dentro de mi vientre. Sucedía una y otra vez; yo sabía que el miedo iba a entrar en mí, pero yo iba a las praderas.

Finalmente, el cordero fue enviado a la carnicería, y yo aprendí que quienes me amaban también podían decidir sobre la administración de la muerte.

Las carreteras no eran caminos para entrar en la ciudad sino accesos a los establos y las fábricas. Los arrieros del vino anunciaban el día con látigos y blasfemias y las caravanas de cultivadores avanzaban por largos túneles de escarcha. Por la blancura cruzan los carros rebosantes (aquel gemido en nuestras casas, el aura roja de la azucarera y la sirena despertando días, su voz como banderas desgarradas) y los boyeros parameses, ácidos en el amanecer. Cruzan y la melancolía entra en los patios. Pone sus manos en mi alma y, en ese instante, se iluminan pómulos, lágrimas negras de ferroviarios.

Junio en los ríos extendidos como sucias espadas. Vi el agua sobre el agua; lluvia sin término sobre las tablas del Bernesga. Aquellas flores en la boca de los adolescentes. Y las hermanas, su alarido en torno a sábanas habitadas por los cuerpos desnudos, sábanas agredidas por uñas sin descanso, blancas entre las manos de los obreros reunidos por la muerte y la lluvia.

(Esta es la historia de los ahogados ofrecidos a la indiferencia en la latitud del verano, jóvenes amnistiados por el agua bajo la mirada blanca de los asnos).

Convocada por las mujeres, la madrugada cunde como ramos frescos: cuñadas fértiles, madres marcadas por la persecución. Hay un friso de ortigas en el perfil de la mañana; lienzos retorcidos en exceso por manos encendidas en la lejía y la desesperación.

Y vino el día. Era un rumor bajo los párpados y era el sonido del amanecer. Agua y cristal en los oídos infantiles. Llega una gente traslúcida y sus canciones humedecen las maderas del sueño, humedecen la madera de los dormitorios cerrados a la esperanza.

Siento las oraciones, su lentitud, como serpientes bellísimas que pasaran sobre mi corazón.

(Era el rosario de la aurora en los márgenes de la pureza proletaria, ante los huertos abrasados por los ferrocarriles y los vientos).

Pregones atravesando esteras, transparentes en mis oídos: el pan, tras un precipicio de aldabas y silbidos; la miel, acarreada en cántaros, oro en la oscuridad; peces fríos entre helechos.

Sílabas en la convalecencia. Y aquella búsqueda de vasijas y cuencos. Eran mañanas indecisas en la declinación del estío y los mercaderes atravesaban el corazón con advertencias de incalculable tristeza: pan y miel.

Astucia tras las estaciones, en el arcén flanqueado por setos polvorientos y yemas rojas, ácidas en los paladares infantiles, negras en la aparición del otoño.

Un viento portador de un cuchillo azul restableció la serenidad. De la profundidad campesina se adelantó una música de tambores y metales habitada por una tristeza anterior a los instrumentos.

Húngaros. Como una torre de sarmientos, el gigantesco anciano avanzó precedido por los portadores de la tuba y las grandes pieles percutientes, y una mujer de garganta herida y manos prestigiosas, obediente bajo el azafrán de las túnicas, ofreció inequívocamente su danza a los espíritus antes de que se incorporase el oso enfermo y el pan rodase hasta los pies descalzos.

Sacrificial, sacrificial. Ante las puertas de la ciudad nadie leyó las tablas religiosas, nadie acudió a los libros del destino. Fue un día inútil en su majestad.

La procesión de los asnos retornaba cada tarde de los pedreros abandonados por las aguas. Atravesaba el soto con el paso tenaz del infortunio y los guijarros resonaban en la profundidad de los cuévanos de esparto. Grandes borlas sangrientas y azuladas pezuñas inducían negaciones y signos de festividad. Ante las tiendas, la boca del burrero se abría como una flor negra, coagulada en una sintaxis lejana, alimentada por las noches de cólera en los latifundios.

Los extremeños se alejaban y los niños sentíamos su desaparición como una esfera de silencio, como un ramo de fósforo apagado.

Azul. Pasa la majestad sobre las calles húmedas y la blancura obsede en círculos. Tiembla en las campanillas y en las dalmáticas de los ancianos. Arde el bronce frente a las lonjas y las palomas se levantan sobre la calle de la Misericordia: olor a lino trenzado por manos blanquísimas en los días de adviento; luz en los ojos ungidos por la necedad. De los niños se oía el manantial de música. Vi presagios adheridos al aire de junio mientras el incienso y la fiebre acudían a las espadañas mojadas. Azul y jueves en la ciudad amordazada.

En la calle que sube hacia la catedral, bajo rúbricas y veneras modernistas, bajo otras bóvedas invisibles creadas cada mañana por la voz otoñal de Pedro el Ciego, acontecían maravillas frágiles y encarnadas en las manos del vendedor de serpentinas y flautas de cañabrava: sobrevenían don Nicanor y su sonido a infancia; cerca, sobre la opacidad del hambre civil, el olor de las almendras calientes, y, más arriba, el abanico de peines, las estilográficas de las que fluye el líquido de los sueños.

Pedro descansa en la profundidad del otoño y su rostro se enciende en ramos de sol. La luz baja a su corazón y allí permanece desleída en aceites y sombras, en aguas purificadas por recuerdos.

Suavidad de los días, paz del mundo en el corazón de Pedro: pasan las portadoras de hortalizas, pasan los sacerdotes en sus túnicas, y Pedro canta ronca y dulcemente la construcción de las obras públicas, las profecías traicionadas, la graduación de los muertos. Canta bajo las ménsulas y en los soportales. Son noticias de invierno.

Dura septiembre sobre los cobertizos. Los panaderos se reunían ante los entresuelos lacrados por el sueño y las figuras blancas se avenían a la serenidad de las estrellas hasta que, con la precisión de un cuchillo, sobrevenía el grito de la viuda loca. Inmensos párpados aleteaban en la noche y, más allá, tras el asfalto, en el perfil de láminas lacustres, la voz monotonal de los grandes sapos cavaba tumbas en mis oídos. Una paz policial invadía las carreteras y la noche cundía en las hojas inmóviles y en el aceite de lámparas indecisas, mientras en los campamentos, viejos, largos durmientes esperaban el frío del amanecer.

Veo el caballo agonizante junto al pozo de aguas oscuras y las gallinas a su alrededor. El rocío afila su pureza bajo los dientes amarillos y el crepúsculo acude a las desiertas pupilas (sombra de las higueras, serenidad de la hierba, profundidad del aire atravesado por vencejos). Veo la espalda de la indiferencia, los corredores destinados a la contemplación del hastío entre las altas begonias, entre las grandes hojas soñolientas. Siento la curiosidad de los perros y la piedad de las mujeres: es el paisaje de la infancia, el olor incorporado a mi espíritu en los accesos de la edad.

Álamos. El fulgor excede y las distancias son traspasadas por gritos vecinales. Los rebaños desprendidos de la mesta cardan ácidas hierbas bajo un friso de azufre. Oigo las campanas de Villabalter como mastines electrizados por la inminencia.

La osamenta furiosa se abatió sobre los malecones y los huertos. El otoño se alhajaba fosforescente y aquel rebaño tuvo miedo bajo las bóvedas de plomo.

Veo el dibujo de la Serna: las lejanas columnas bajo el cielo arrasado y aquellas sebes torturadas.

Majestad de marzo ardiendo en el alfoz, dunas de estiércol en los territorios azulados por la sombra, paz en los túmulos agrícolas.

En los paseos perezosos hice míos los restos de la pobreza agraria: vi colmenas y púrpura; en los ejidos, vi tormentas de oro y animales ciegos en la contemplación del rocío; vi los laureles suburbiales y, en la pureza de los lavaderos, madres arrodilladas sobre el agua.

Pero, más adentro, todavía fuera del lugar donde estuvieron las puertas, la ciudad precipita hacia arriba sus vestigios. Es un abismo entre cristales: bragas en la coronación de los taludes; un territorio de blancura profanada por pájaros y lámparas. La lentitud entra en las galerías y su lengua excita a los espíritus; sangra dulcemente entre resplandores y canciones de niñas en los almacenes abandonados.

(Edad, edad en los suburbios: dalias y hortensias sobre las murallas, ropas mortales en los tendederos asistidos por mujeres esbeltas, y los desagües que conducen el líquido azul de la desesperación, entre corambres y geranios, hacia la Beneficencia y los prostíbulos, hasta desaparecer en las mimbreras del Medul).

Vienen dibujando cúpulas: deshabitan fresnos y se alimentan de gramíneas blancas. Sus alas se abren sobre mi frente como en los días de la enfermedad. Vi la infección en los jardines ciudadanos; vi las locas hormigas sobre algodones ensangrentados y, sin embargo, fue un día alimentado por la dulzura. Una canción se instala en la lentitud y la distancia habla en la música. Lame los cerros polvorientos antes de entrar en mi corazón. Aquella tarde sobre las ciénagas de Armunia puso veneno en mis oídos y una miel negra sobre los andenes de Clasificación. Alguien gimió y los altavoces enmudecieron en el crepúsculo. Una tristeza giratoria acude a la restitución del silencio y las torres arden bajo los pájaros tardíos.

La ciudad mira el sílice de las montañas como una gárgola inmóvil ante los círculos de la eternidad y se rodea de colinas cárdenas en las que el tomillo es abrasado por el invierno.

Siento la espesura fluvial; se manifiesta en sílabas lentísimas. Aún las palomas se pronuncian clamorosas y los ancianos descansan en la cercanía de las acacias coronadas de temblor. Hablan y acrecientan la serenidad de la tarde. A veces, sonríen con un golpe de sol en el rostro y se encienden bajo los encanecidos cabellos. Sus ojos se entrecierran y apenas es visible un filamento de acero y lágrimas. La vejez es blanca.

Un anciano tiene el hombro abatido y dispar; el otro ofrece al sol unas manos grandes cuya piel transparenta largas venas. Hablan con la imprecisión temblorosa de quien es más débil que sus recuerdos; restablecen una paz y un espacio: las eras de la ciudad, los labradores de Renueva, el espesor de los curtientes, la sombra roja de las herrerías.

Rumor de acequias entre los frutos, clamor bajo las gárgolas. Perdido estuve en los mercados, encendido en los rostros reunidos por la voz ferial, ciego en las cintas y en el aroma de los alimentos, confundido en el fondo de la alegría. Lana y silencio en los soportales, flores bajo las logias. Altos lienzos sostenidos por horcas comunales gritan en la paz solar, y un día esférico se abre en vértigos y sombras, en navajas y sombras, sobre costumbres y carriegos. Fluyen monedas y servicios; fluyen las aguas de la vida en un río sin nombre, en una rueda sin nombre, en un tráfico de suciedad gloriosa, de varón en varón, de mano en mano. Un remolino de labriegos y madres habla el idioma de los huertos, la palabra lastrada de rocío, verde bajo los vientos, hirviente y dulce en los almacenes. Uvas y arándanos en la claridad y, en los días del hielo, el relámpago amarillo de los narcisos florecidos a la sombra de las grandes montañas.

La Plegaria conduce a las tiendas del cáñamo, a los lugares donde el vino se alza en reparación. Más allá, fresco en la oscuridad, comienza el vuelo de los grandes cuchillos: grasa y fulgor sobre los mostradores sangrientos. Bellos son los cadáveres azules. Escuchamos hierros y respiramos el olor a sal de peces endurecidos entre espejos, y la sombra es verde delante de nuestros pasos hasta el lugar donde la leche descansa bajo sudarios transparentes. Utilidad de la muerte; frialdad de los animales sacrificados en los patios distantes; sábado bajo los tímpanos industriales.

Era el mercado del silencio. Las enlutadas posaban su patrimonio de quilmas y el día descansaba en la quietud de rostros calificados por sargas y recuerdos más blancos que las legumbres ofrecidas ante los ábsides. Tristes haces de huesos castigados. Callaban con el gesto aprendido en los centenales, bajo el sonido de los vientos. Murmuraban sobre las hernias de los hombres y los relentes venideros antes de recobrar el fardo inútil y regresar, madres del miércoles, al país desolado de los censos.

Crece sobre los pastos invernales. Hacia los terraplenes del Torío, crece sobre las huellas del pastor. Los agrimensores alzan monedas cuyas leyendas fueron borradas por el óxido, tégulas referentes a las legiones de Galba, campanillas azules como la venas bajo la piel amada.

De las carbonerías, la pobreza asciende a los edificios aptos para la proclamación del suicidio y los arroyos retroceden como las víboras ante el incendio. Es la pasión de las inmobiliarias. Ah, como un monte, la melancolía crece en los pastos invernales.

Manos clavadas en los tímpanos, rostros en la pureza esférica. El crucificado calla en el clamor basilical y las preguntas arden en sus causas. Callar es negación. Ante mis ojos, la Puerta del Perdón está cerrada.

Existe el día de la presentación de lamentos: herpes y luz ante los frisos de la murmuración (la sed cruzaba la ciudad bajo crespones y albas; vi las puertas labradas y la corrupción de la esperanza).

No hubo respuesta para las plegarias y el sol hirvió sobre las espigas vacías. La ciudad tuvo noticia de un cinturón de pena, del centeno y la ira más allá de los ríos.

Como navíos eternizados por la tempestad, el ábside de la catedral se alza sobre San Pedro de los Huertos. En su interior existen una crepitación de oro y una turbulencia azul que desafían el recuerdo de las cebadas blancas bajo el viento de la Valdoncina. Pero la crueldad habita en el exterior, sobre un paisaje jabardeado en túnicas, atravesado por penitenciarios portadores de hilos invisibles. Sucede bajo el temblor de las acacias y los pájaros inferiores.

Este es el edificio que coronaba la melancolía de Antonio González de Lama, clérigo retirado por sus propios pasos al lugar, más suave, de la muerte.

De sus labios manaba una sonrisa incierta y pequeñas palabras que extraían torpemente del corazón. Descendían a la ciudad y en sus manos hervían la suciedad y la ternura. Lentos en la ebriedad, con la luz del desprecio sobre sus rostros, regresaban en los atardeceres. Atravesaban, tras un cinturón de escoria y tomillo, el vertedero de los hospitales.

Sucedieron semanas. La ciudad era hermosa frente a las hogueras del otoño (oro y silencio en el perfil del río), pero las semanas son negras en los ojos de los mendigos. Como un manto mortal, cayó el invierno sobre sus cuerpos enamorados.

La compasión y la vergüenza pasan sobre mi alma. La memoria desciende a los portales de la maledicencia y allí contempla la cal y los geranios, las ancianas en círculos, el ademán del mariquita que, cada día, maldecido por tres lenguas frenéticas, deposita ciruelas en las manos ávidas. Grandes, dóciles mujeres peinan cabellos aceitados y el calor pesa en sus cuerpos.

El día es grande y la baraja reposa en el halda de las ancianas. Hasta que llega el gavilán esbelto y fúnebre, el portador de discordia. Luego suceden las invocaciones y las blasfemias femeninas. Hay un vértigo de uñas en torno a rostros iluminados por la sangre y una flor desgarrada sobre las baldosas frías.

(Llanto y clavel de las mujeres útiles, llanto en el arrabal de San Lorenzo).

El vendedor de sombra aparecía en la hora de la siesta y su voz henchía los portales recién regados. Laurel y orégano entre las manos sudorosas; hierbas secretas para el mal de madre y la infelicidad; venas de cardenillo en las monedas de cobre; percal en torno a las gargantas femeninas. La mercancía convoca a la esperanza y el vendedor aguileño oficiaba sobre los sabores deseados, sobre las calenturas y la cal de los huesos envejecidos: romero y salvia para las grietas del corazón, ruda para los cocimientos de invierno. Los aromas llegaban a los cuerpos y el anís encendía los párpados del vendedor de sombra.

El equilibrio es ciego sobre la casa de las Carnicerías. La simetría habla en cartelas y dinteles amenazados por la lepra. Conozco las cintas claras de los jóvenes reunidos en el ocio (bajo los hierros, con los párpados pesados y las manos vacías); conozco los geranios inclinados en las tardes de agosto y el mármol en el interior; conozco los cimacios y las miserias de los patios, y las escaleras que conducían hasta la vejez de cierta madre blanca entre las grandes maderas, sutil en las habitaciones atravesadas por sombras, triste en el corredor hasta llorar sobre sus manos (manos también vacías).

Ved los símbolos negros: pesan las flores en el corazón y los habitantes de la ciudad viven en vidas del pasado. (Días clavados dentro de los ojos, lenguas que hablan incesantes, como el hierro en círculos).

Vi una amistad sin ternura ni nombre: los de la carne y los de la madera, los que vestían muros con los colores de la ira, los que encendían el acetileno.

Al formarse las sombras, sobre los mármoles y sobre las tablas olorosas a lejía cesaban el vértigo de los andamios, el aliento venenoso de la soldadura; con grandes manos alcanzaban los vasos purpúreos y el vino ardía en el rostro de los obreros.

IV

Aviso negro

Nada se esconde al gavilán inmóvil; arden sus ojos amarillos

y esta es su narracjón: aguas enfermas, mendicidad de rostros invisibles.

No hagas incesto en los armarios; guárdate: albergan asma, atribución, espíritus,

quizá días y alas desesperadas.

Siéntate ya a contemplar la muerte.

Relación del prostíbulo

Vi la solicitud de las ancianas

y sus agujas; las tinieblas

y la humedad de sus medallas.

Era jueves sin padre, jueves sólo.

No había nadie en el espejo. Vi

cánulas y, tras el crepúsculo,

a las gallinas en la eternidad.

Dios se cansó de la tristeza

y no quiso existir. Aquella tarde

fue la única tarde de mi vida.

El comedor de las viudas

Ves pasar el invierno y, en las habitaciones cóncavas, bajo los grandes decimales, suda la plata funeraria.

Ah las cucharas: ésa es tu audición cuando el azúcar hierve;

ah las cucharas en el corazón seducido por las alondras de la muerte.

Ventana húmeda

Esta es una ciudad desconocida y llueve sin esperanza.

No hay memoria ni olvido y el error es la única existencia.

¿Quién me ama en esta ciudad desconocida?

Aquellos cálices

¿Quién habla aún al corazón abrasado cuando la cobardía ha puesto nombre a todas las cosas?

Silba el adverbio del pasado. El cobre silba en huesos juveniles, pero es el día del invierno. Alguien prepara grandes sábanas

y restablece la oquedad. Sólo hay sustancia en ti, sustancia azul de desaparecidos.

Aquellos gritos. Y las banderas sobre nosotros.

Ah las banderas. Y los balcones incesantes: hierros entre la luz, hierros más altos que la melancolía, nuestro alimento.

Cae

la máscara de Dios: no había rostro.

¿Quién habla aún al corazón amarillo?

Llegan los números

En tus dos lenguas hoy estuve triste;

en la que habla de misericordia

y en la que arde ilícita.

En dos alambres puse mi esperanza.

Estoy viendo dos muertes en mi vida.

Tango de la misericordia

Es la última lana de mi vida;

hay azúcar, amor, hay vigilantes

en las arrugas de mi corazón

y aún eres pobre dulcemente en mí.

Tango de la eternidad

Ávida vena, dame tu cordel.

Quien tiene miedo quiere entrar en ti,

víspera negra. Y en los patios canta,

tonta, la eternidad.

                    Este verano,

no dejes de venir, ávida vena,

dios sin semilla, paz sin esperanza.

Sé paciente en tus uñas, ah cadáver que duermes esta noche en mis párpados, ten salud, ten piedad;

ah, sé hábil, habita suavemente la sombra,

calla en mis labios, entra en mis anillos.

Soy el que ya comienza a no existir

y el que solloza todavía.

Es horrible ser dos inútilmente.

Ah vejez sin honor. Y los adverbios

depositándose en mi alma.

(Lágrimas en los vasos prohibidos,

mariposas ávidas).

Sé de la furia del pastor; viene apartando ramas

y ya es de noche.

                Los adverbios

están cansados en mi alma.

Los inocentes son seducidos en los patios y las vecinas hablan de la resurrección de la carne.

Mis hijas lloran en sus manos y su llanto es verde.

¿Qué día es éste que no acaba?

Edad, edad, tus venenosos líquidos.

Edad, edad, tus animales blancos.

Algunas de las «lápidas» que anteceden (o sus «ancestros») son (fueron) poemas ocasionales; los asumo para calificar mi existencia y mi trabajo poético porque en la ocasión se introdujo siempre, sin necesidad de premeditaciones, un discurso único (el solo y redundante que sé hacer), dirigido a auditores imprevisibles y mudos entre los que yo mismo pudiera encontrarme.

Sin embargo, en estos poemas hay hechos y nombres que exceden la intimidad propia y disponible sin reparo; hechos y nombres patrimoniales que debo declarar. Y lo hago, aquí y así, porque las notas a pie de página no me parecen buenas para el seguimiento de una escritura poemática. En cuanto a esta escritura, digo que también es reescritura (reescribir es un derecho que me reservo indefinidamente) y que presenta, en bastantes ocasiones, un aspecto poco y hasta nada parecido al que tuvo en origen.

Para la declaración que debo, valgan las notas siguientes, que doy reduciendo la referencia a la sola mención de página.

La 293 no se hubiera escrito sin los jóvenes rumanos que vi danzar en la Universidad de Pau, quizá en 1978.

En la 294 me dirijo (fue una especie de prólogo en libro) al poeta Luis Federico Martínez.

Los monjes del Císter en Osera probablemente no leerán nunca la página 295, pero existe a causa de ellos.

La 296 fue una comunicación casi impúdica (se imprimió, volandera) al pintor Elías García Benavides.

El texto que figura en la 297 abría, en su primera aparición, el libro-catálogo de una exposición de Julio L. Hernández. *Úrsula,* en la página siguiente, es el título de una escultura incluida, creo, en la misma exposición antológica; ignoro si, además, es el nombre de la persona efigiada. El *Luis* integrado en este mismo poema sí lo es; se trata de Luis Pérez Mínguez.

Las líneas de la página 299 proceden de un bloque más amplio que, en tiempos, fue incluido en un librillo de homenaje a Julio de Pablo.

De un acercamiento a la obra y a la persona de Eduardo Chillida surgió un texto que, aunque no literalmente, contenía el que ahora ocupa la página 300. La expresión «rumor de límites» no me pertenece; es título de una obra de Chillida.

Lo impreso en la 301 resultó (es como el caso de una navaja afilada hasta que ya su hoja va a dejar de serlo) de un texto dedicado a Juan Ramón Jiménez.

Diván de Nueva York (página 308) es participación en un homenaje a Federico García Lorca.

Más difícil se me hace explicar la generación de los bloques siguientes (páginas 310 a 313). En su redacción primitiva, fueron parte de un empeño compartido con Juan Barjola. Los dos teníamos como asunto el *Llanto por la muerte de Ignacio Sánchez Mejías;* se trataba de construir un objeto de arte con el paralelismo y posterior confluencia de su trabajo plástico y el mío literario. Sin que existiera acuerdo previo, el «objeto» vino a dar en dura e inevitable «metáfora» española. Aquí, unilateralmente, mediante una cruel cirugía, yo pongo en desnudez este sentido.

León de Tábara (página 314) habla, entre otros viejos asuntos (obviedad, obviedad), de León Felipe.

Larga cuenta tendría que dar de la parte cifrada con III dentro de este séptimo bloque de *Edad*. Toda ella, en su existencia anterior a la incorporación a *Lápidas,* perteneció también a un «objeto de arte» cuya belleza física y sensible era, quizá, mayor que la que puede soportar un libro. El artista realizador fue Antonio Machón; el artista grabador, Félix de Cárdenas. Se añadía la prosa de José María Merino y de Luis Mateo Díez, además de la mía propia, la que aquí aparece duramente reconvertida a la especie poemática, de la que, quizá, no debió salir nunca. Digo esto y añado que yo amo y defiendo por mía aquella primera, distinta y dolorosa prosodia; como ésta de ahora, contiene *mi* memoria de la ciudad donde vivo; una memoria que empieza a ser facultad consciente (no es culpa mía, ocurrió así) con el miedo secretado por los «acontecimientos» de julio de 1936. Aquí, las «lápidas» se hacen inocultablemente conmemorativas y semiseculares, aunque sus leyendas se prolonguen sobre tanto tiempo y tanto espacio como me acotan muertes y otras circunstancias afines. Puedo añadir que los topónimos incluidos son los que son; que las personas aludidas o nombradas viven o vivieron; que el asunto es rudamente biográfico o, si se quiere, histórico.

Para la lectura del último tranco de *Lápidas* no me parece necesario ningún aviso.

Estas notas no son más que una aclaración («declaración», dije antes) ligada a una doble voluntad de respeto; respeto a quienes «están» en mis poemas, para que su «actividad» en el texto quede reconocida; respeto al lector, que podrá evitarse falsos enigmas.

Apéndice de variantes

1. De *Sublevación inmóvil*

Título del poema o primer verso:

«Ojos», pág. 103.
   Versos 8-9, decía «procedente, del hombre; / consistencia de llanto»
   Verso 14, decía «nunca podrá llorar»
   V. 23-24, decía «el mundo; millones, siglos / de hombre se elevaron»
   V. 26: «desde lo libre, viene»
   V. 45: «dulce mundo callado»

«Pájaro del mundo», pág. 105.
   V. 11: «preparamos la fuerza»
   V. 18: «necesaria, Tú, belleza»

«Incandescencia y ruinas, I», pág. 106.
   V. 4-5: «Yo, corazón feroz, / canto purificado por el silencio»

«Incandescencia y ruinas, II», pág. 106.
   V. 12: «en luz, cuándo seré»

«Sublevación»
   V. 6: «evidencia del relámpago»
   V. 17: «les cogiese, ¿podrían»
   V. 21: «conversión al espectro?»
   V. 49: «inmóvil. Necesitamos»

«Paz», pág. 112.
   V. 20: «de ansia, trozos»

«Si mis manos cogiesen tu cabeza», pág. 117.
   V. 14: «hacer futuro con el sufrimiento»

«El encadenado ama», pág. 119.
  V. 5: «de cumplir el destino»
  V. 20: «en los dos órdenes necesarios; mi amada»

«Cuello», pág. 120.
  V. 26: «un elemento de belleza»

«Música de cámara, II», pág. 122.
  V. 3-4: «a mundo amado poderosamente. / Y yo escucho después —onda viviente—»
  V. 8: «a tu belleza misteriosamente.»
  V. 10: «orientas a tu sangre la agonía»
  V. 12: «Oh, apasionada luz, después de tanto,»

«Como la tierra silenciosa espera», pág. 124.
  Se titulaba «Ansia, 1953»

«Pueblo», pág. 126.
  V. 9: «y el material del mundo»
  V. 11: «el color, el volumen»
  V. 21: «inmortal, fuerte belleza». A continuación se suprime un último verso: «que nace de los hombres»

«Tímpano románico», pág. 130.
  Después del verso 21, se suprime: «Tensión eterna, tú / —digo «tú» porque estás viva—»
  V. 22: «piedra humana, fúndete»

«Deux femmes nues enlacées», pág. 133.
  V. 12: «Color de perro humano»
  V. 17: «Roja a trazos, siempre»
  V. 27: «los hombros necesitan»
  V. 31: «una cabeza pura»

«Divertimento. Bela Bartok», pág. 135.
  V. 12-14: «Coge, Bela, mi hispánica cabeza, / para que sea en este nuevo canto / compañera tenaz de tu sonido»

«Altamira», pág. 136.
  Después del verso 8 se suprime: «el animal amado,»
  V. 10: «alzados a la belleza.»

2. De *Exentos I*

«Oír el corazón», pág. 141.
 Figuraba en *Sublevación inmóvil*, también sin título

«Verdad», pág. 142.
 Figuraba en *Sublevación inmóvil*, como «Verdad, 1958»
 Después del verso 39 se suprime: «Aceptarás luchar si es necesario»

«Ferrocarril de Matallana», pág. 147.
 Figuraba en *Sublevación inmóvil*, con el mismo título
 V. 45: «las casas montan las paredes nobles»
 V. 50: «de humildad y tierra.»
 V. 51: «Cuando bajo del tren y me encuentro»

3. De *Blues castellano*

«Sabor a legumbres», pág. 166.
 V. 6: «los míos de la sangre —cinco— siento»

«Blues del mostrador», pág. 182.
 No incluido en la primera edición del libro

«Amor», pág. 192.
 El título era «Hacer amor»

«Tú», pág. 193.
 El título era «Actos»
 V. 5: «con la garganta de otro ser humano.»
 V. 13: «no es espejo que calla sino acción»

«Libertad en la cama», pág. 194.
 El título era «La verdad en la cama»
 V. 3: «Todos los días, cuando me pongo»
 Se suprimen al final los siguientes versos: «y respiro / la libertad que es nuestra: / la verdad / en la cama»

«Un tren sobre la tierra», pág. 197.
 V. 12: eran dos versos: «la mujer de los grandes pechos / parece hinchada por la tristeza.»

V. 14: «el viejo tiene la mirada roja»
Después del verso 25, se suprime: «pero también sentimos otra cosa importante:»

«La noche hasta caer», pág. 200.
V. 33: «amarillas a cambiar el silencio»
V. 34: «Había una verdad. No se me olvida.»

«Caigo sobre una silla», pág. 203.
Se suprime al final: «Cuando yo caigo en una silla, / caigo en el honor y el silencio. / Caigo en una silla que gime / y me siento / con todos los cansados de la tierra / a pensar en nosotros, en que somos / la verdad. / Y sabiéndolo, / esperamos la noche reunidos / y la tierra descansa así en nosotros.»

4. *Pasión de la mirada*

«En el más resistente, más velado», pág. 211.
En *León de la mirada* figuraba con el título «(Valdeón)». El poema ha sido muy remodelado, fuertemente transformado

«Está tejida con azul la noche», pág. 215.
En *León de la mirada* figuraba con el título «(Silencio en Golpejar)». Fuertemente transformado

«Recuerdo que la tierra quiebra dura», pág. 216.
En *León de la mirada* figuraba también sin título
V. 12: «en los Picos de Europa y, sobre todo,»
Se suprimen cuatro versos al final

«La tarde entra de pronto en la cocina», pág. 218.
En *León de la mirada* figuraba con el título «(Crepúsculo en Villamol)»
V. 1: «La luz entra de pronto en la cocina,»
El verso 6 sustituye a los tres versos siguientes: «Acaricia los barros. Se remonta. / Cuelga como una azumbre de las vigas. / Retrocede al umbral. Nos abandona.»
V. 11: «al borde del tapial. Lunas de acero»

«Un bosque inmóvil, sin espacio, pero», pág. 228.
En *León de la mirada* figuraba con el título «(Vidrieras de la Catedral)»

V. 14: «latigazos de luz. Vértigo, pueblo»
V. 24-25: «derramando hacia arriba la hermosura, / no imponen pausa sino acento y pulso»
V. 32: «ballesteros matando: sólo una»
V. 42: «auditivas; no es sino palabra»
V. 43: «que se adentra en los ojos: acto, fiesta»
Después del verso 50 se suprimen los siguientes: «esa existencia frente al cielo, siempre / en tempestad inmóvil, reteniendo / petrificadas sangres, floraciones, / frías espadas, azulados hielos. / Sólo tú puedes consistir, estar»

5. De *Descripción de la mentira*

En el fragmento que comienza «Hubo denuncia y extensión de sábanas», se suprime el último verso: «Es noche aún hasta la hora de los fusilados»

Índice

Introducción 7
Noticia biográfica 63
Bibliografía 65

Edad (Poesía 1947-1986)
    Advertencias 69

I. PRIMEROS POEMAS
LA TIERRA Y LOS LABIOS (1947-1952)

Te beberé el cabello 75
La tarde, sobre mis hombros 76
El gran viento de la noche 77
No llores, que aún tienes 78
Hay caminos de amargura 79
Mi amor es un pájaro muerto 80
Como un monte en la espalda o una cuchilla 81
Si una rosa infinita me estallase en el pecho 82
La soledad entera se desnuda en tus ojos 83
Te morirás de sombra anudada a mi cuerpo 84
Atravesó el silencio 85
No hemos tenido una voz que nos diga «mira» 86
Arráncate la luz de la mirada 87
Aquí hubo un amor, hubo una impura 88
Es un hombre. Va solo por el campo 89
Junio, aquí estás, como un perro 90
¿Qué harás a estas horas con tus manos? 91
El mismo, como Dios, se mataría 92
Habla mi oscura juventud. Me suena 93

A ti, muchacha, que, de pronto, estrenas 94
En vivo y en silencio. Atormentado 95

II. *SUBLEVACIÓN INMÓVIL* (1953-1959)

I

Prometeo en la frontera 101
Ojos 103
Pájaro del mundo 105
Incandescencia y ruinas 106
Nieve 108
Sublevación 109
Paz ....
Propongo mi cabeza atormentada 114

II

Si mis manos cogiesen tu cabeza 117
Si supiera de dónde tu cabeza 118
El encadenado ama 119
Cuello 120
Música de cámara 122
Como la tierra silenciosa espera 123

III

Pueblo 127
Música 128
Tímpano románico 130
(For children. Bela Bartok) 132
(Deux femmes nues enlacées. Picaso, 1906) 133
(Divertimento. Bela Bartok) 135
Altamira 136
Adiós 137

III. EXENTOS, I (1956-1960)

Oír el corazón	141
Verdad	142
Mi juventud, un rostro junto al mar	144
Existían tus manos	145
Fui ciego	146
Ferrocarril de Matallana	147
Sé que el único canto	150
Tristes metales	151
Yo me callo, yo espero	152

IV. *BLUES CASTELLANO* (1961-1966)

I

Cuestión de instrumento	157
Después de veinte años	159
Tarareando Nazim	161
Malos recuerdos	162
Caigo sobre unas manos	164
Ida y vuelta	165
Sabor a legumbres	166
Comunicación de males	167
¿Ocultar esto?	168
Geología	170
Agricultura	171
Paisaje	172

II

Blues del nacimiento	177
Blues para cristianos	178
Blues del cementerio	179
Blues del amo	180
Blues de la casa	181
Blues del mostrador	182

Blues de las preguntas 183
Blues de la escalera 184

III

Hablo con mi madre 187
Verano 1966 188
Invierno 189
Visita por la tarde 190
El río de los amigos 191
Amor 192
Tú 193
Libertad en la cama 194
Estar en ti 195
En la carretera del norte 196
Un tren sobre la tierra 197
Siento el agua 199
La noche hasta caer 200
Después del accidente 202
Caigo sobre una silla 203

V. EXENTOS, II.
PASIÓN DE LA MIRADA (1963-1970)

Vivo sin padre y sin especie: callo 207
Al país que no es sino que habita 208
En selva roja donde el agua nunca 209
Es él, el alimento y el olvido 210
En el más resistente, más velado 211
No penetra los ázimos hurmiento 213
La que calla y desprecia; la que extiende 214
Está tejida con azul la noche 215
Recuerdo que la tierra quiebra dura 216
La luz, distribuida en la aspereza 217
La tarde entra de pronto en la cocina 218
El volumen rescata de la tierra 219
He aquí las cabezas congregadas 220
Es cierto que la piel de las estatuas 221

En esta majestad de la madera	222
No es la materia la que pacifica	223
La que habla en volumen, la que mide	224
Dios extendido, longitud sagrada	225
Está la curva del nogal fingiendo	226
Aquí la boca, su oquedad eterna	227
Un bosque inmóvil, sin espacio, pero	228
Estimo al capitel frente a la alondra	230
Espacio siempre frente al tiempo. No	231
Dime qué ves en el armario horrible	232

VI. *DESCRIPCIÓN DE LA MENTIRA* (1975-1976)

El óxido se posó en mi lengua 233

VII. *LÁPIDAS* (1977-1986)

En la quietud de madres inclinadas sobre el abismo 289

I

Gritos sobre la hierba y el huracán de púrpura	293
Tras asistir a la ejecución de las alondras	294
Asediados por ángeles y ceniza cárdena	295
Vi la sombra perseguida por látigos amarillos	296
A la audición del mundo bajo una piel	297
Dime quién eres antes de acercarte más a mi corazón	298
A la inmovilidad del gris convocado por un pájaro	299
Oigo hervir el acero	300
Puedes gemir en la lucidez	301
Hierves en la erección, dama amarilla	302
En la oquedad de Dios, ah paloma viviente	303
Todos los animales se reúnen en un gran gemido	304

II

Delación del verano	307
Diván de Nueva York	308
Viernes y acero	310

Canción de los espías 312
Suciedad del destino 313
León de Tábara 314

III

Aquel aire entre el resplandor y la muerte 317
El cinturón de álamos 318
Desde los balcones 319
Los jueves por la tarde 320
Sucedían cuerdas 321
Eran días atravesados por los símbolos 322
Las carreteras no eran caminos 323
Junio en los ríos extendidos como sucias espadas 324
Convocada por las mujeres, la madrugada cunde 325
Pregones atravesando esteras, transparentes 326
Un viento portador de un cuchillo azul 327
La procesión de asnos 328
Azul. Pasa la majestad 329
En la calle que sube hacia la catedral 330
Dura septiembre sobre los cobertizos 331
Veo el caballo agonizante 332
Álamos. El fulgor excede 333
Veo el dibujo de la Serna 334
En los paseos perezosos 335
Vienen dibujando cúpulas 336
La ciudad mira el sílice 337
Rumor de acequias 338
La Plegaria conduce a las tiendas del cáñamo 339
Era el mercado del silencio 340
Crece sobre los pastos invernales 341
Manos clavadas en los tímpanos 342
Existe el día de la presentación de lamentos 343
Como navíos eternizados por la tempestad 344
De sus labios manaba una sonrisa incierta 345
La compasión y la vergüenza pasan sobre mi alma 346
El vendedor de sombra 347
El equilibrio es ciego 348
Vi una amistad sin ternura ni nombre 349

IV

Aviso negro 353
Relación del prostíbulo 354
El comedor de las viudas 355
Ventana húmeda 356
Aquellos cálices 357
Llegan los números 358
Tango de la misericordia 359
Tango de la eternidad 360
Sé paciente en tus uñas 361
Soy el que ya comienza a no existir 362
Ah vejez sin honor 363
Los inocentes son seducidos en los patios .. 364
Edad, edad 365

Apéndice de variantes 373

Colección Letras Hispánicas

ÚLTIMOS TÍTULOS PUBLICADOS

500 *Antología Cátedra de Poesía de las Letras Hispánicas.*
    Selección e introducción de José Francisco Ruiz Casanova
    (5.ª ed.).
501 *Los convidados de piedra*, JORGE EDWARDS.
    Edición de Eva Valcárcel.
502 *La desheredada*, BENITO PÉREZ GALDÓS.
    Edición de Germán Gullón (3.ª ed.).
504 *Poesía reunida*, MARIANO BRULL.
    Edición de Klaus Müller-Bergh.
505 *La vida perra de Juanita Narboni*, ÁNGEL VÁZQUEZ.
    Edición de Virginia Trueba (2.ª ed.).
506 *Bajorrelieve. Itinerario para náufragos*, DIEGO JESÚS JIMÉNEZ.
    Edición de Juan José Lanz.
507 *Félix Vargas. Superrealismo*, JOSÉ MARTÍNEZ RUÍZ «AZORÍN».
    Edición de Domingo Ródenas.
508 *Obra poética*, BALTASAR DEL ALCÁZAR.
    Edición de Valentín Núñez Rivera.
509 *Lo prohibido*, BENITO PÉREZ GALDÓS.
    Edición de James Whiston.
510 *Poesía española reciente (1980-2000).*
    Edición de Juan Cano Ballesta (3.ª ed.).
511 *Hijo de ladrón*, MANUEL ROJAS.
    Edición de Raúl Silva-Cáceres.
512 *Una educación sentimental. Praga*, MANUEL VÁZQUEZ MONTALBÁN.
    Edición de Manuel Rico.
513 *El amigo Manso*, BENITO PÉREZ GALDÓS.
    Edición de Francisco Caudet.
514 *Las cuatro comedias. (Eufemia. Armelina. Los engañados. Medora)*,
    LOPE DE RUEDA.
    Edición de Alfredo Hermenegildo.
515 *Don Catrín de la Fachenda. Noches tristes y día alegre*, JOSÉ
    JOAQUÍN FERNÁNDEZ DE LIZARDI.
    Edición de Rocío Oviedo y Almudena Mejías.
516 *Anotaciones a la poesía de Garcilaso*, FERNANDO DE HERRERA.
    Edición de Inoria Pepe y José María Reyes.

517 *La noche de los asesinos*, JOSÉ TRIANA.
    Edición de Daniel Meyran.
518 *Pájaro Pinto. Luna de copas*, ANTONIO ESPINA.
    Edición de Gloria Rey.
519 *Tigre Juan. El curandero de su honra*, RAMÓN PÉREZ DE AYALA.
    Edición de Ángeles Prado.
520 *Insolación*, EMILIA PARDO BAZÁN.
    Edición de Ermitas Penas Varela (2.ª ed.).
521 *Tala. Lagar*, GABRIELA MISTRAL.
    Edición de Nuria Girona (2.ª ed.).
522 *El Rodrigo*, PEDRO MONTENGÓN.
    Edición de Guillermo Carnero.
523 *Santa*, FEDERICO GAMBOA.
    Edición de Javier Ordiz.
524 *Historia de la Monja Alférez, Catalina de Erauso, escrita por ella misma*.
    Edición de Ángel Esteban.
525 *La fuente de la edad*, LUIS MATEO DÍEZ.
    Edición de Santos Alonso (2.ª ed.).
526 *En voz baja. La amada inmóvil*, AMADO NERVO.
    Edición de José María Martínez.
528 *Contrapunteo cubano del tabaco y el azúcar*, FERNANDO ORTIZ.
    Edición de Enrico Mario Santí.
529 *Desde mi celda*, GUSTAVO ADOLFO BÉCQUER.
    Edición de Jesús Rubio Jiménez.
530 *El viaje a ninguna parte*, FERNANDO FERNÁN-GÓMEZ.
    Edición de Juan A. Ríos Carratalá (2.ª ed.).
531 *Cantos rodados (Antología poética, 1960-2001)*, JENARO TALENS.
    Edición de J. Carlos Fernández Serrato.
532 *Guardados en la sombra*, JOSÉ HIERRO.
    Edición de Luce López-Baralt (2.ª ed.).
533 *Señora Ama. La Malquerida*, JACINTO BENAVENTE.
    Edición de Virtudes Serrano.
534 *Redoble por Rancas*, MANUEL SCORZA.
    Edición de Dunia Gras.
535 *La de San Quintín. Electra*, BENITO PÉREZ GALDÓS.
    Edición de Luis F. Díaz Larios.
536 *Siempre y nunca*, FRANCISCO PINO.
    Edición de Esperanza Ortega.
537 *Cádiz*, BENITO PÉREZ GALDÓS.
    Edición de Pilar Esterán.

538 *La gran Semíramis. Elisa Dido*, Cristóbal de Virués.
    Edición de Alfredo Hermenegildo.
539 *Doña Berta. Cuervo - Superchería*, Leopoldo Alas «Clarín».
    Edición de Adolfo Sotelo Vázquez.
540 *El Cantar de los Cantares de Salomón (Interpretaciones literal y espiritual)*, Fray Luis de León.
    Edición de José María Becerra Hiraldo.
541 *Cancionero*, Gómez Manrique.
    Edición de Francisco Vidal González.
542 *Exequias de la lengua castellana*, Juan Pablo Forner.
    Edición de Marta Cristina Carbonell.
543 *El lenguaje de las fuentes*, Gustavo Martín Garzo.
    Edición de José Mas.
544 *Eva sin manzana. La señorita. Mi querida señorita. El nido*, Jaime de Armiñan.
    Edición de Catalina Buezo.
545 *Abdul Bashur, soñador de navíos*, Álvaro Mutis.
    Edición de Claudio Canaparo.
546 *La familia de León Roch*, Benito Pérez Galdós.
    Edición de Íñigo Sánchez Llama.
547 *Cuentos fantásticos modernistas de Hispanoamérica*.
    Edición de Dolores Phillipps-López.
548 *Terror y miseria en el primer franquismo*, José Sanchis Sinisterra.
    Edición de Milagros Sánchez Arnosi.
549 *Fábulas del tiempo amargo y otros relatos*, María Teresa León.
    Edición de Gregorio Torres Nebrera.
550 *Última fe (Antología poética, 1965-1999)*, Antonio Martínez Sarrión.
    Edición de Ángel L. Prieto de Paula.
551 *Poesía colonial hispanoamericana*.
    Edición de Mercedes Serna.
552 *Biografía incompleta. Biografía cotinuada*, Gerardo Diego.
    Edición de Francisco Javier Díez de Revenga.
553 *Siete lunas y siete serpientes*, Demetrio Aguilera-Malta.
    Edición de Carlos E. Abad.
554 *Antología poética*, Cristóbal de Castillejo.
    Edición de Rogelio Reyes Cano.
555 *La incógnita. Realidad*, Benito Pérez Galdós.
    Edición de Francisco Caudet.
556 *Ensayos y crónicas*, José Martí.
    Edición de José Olivio Jiménez.

557 *Recuento de invenciones*, ANTONIO PEREIRA.
    Edición de José Carlos González Boixo.
558 *Don Julián*, JUAN GOYTISOLO.
    Edición de Linda Gould Levine.
559 *Obra poética completa (1943-2003)*, RAFAEL MORALES.
    Edición de José Paulino Ayuso.
560 *Beltenebros*, ANTONIO MUÑOZ MOLINA.
    Edición de José Payá Beltrán.
561 *Teatro breve entre dos siglos (Antología)*.
    Edición de Virtudes Serrano.
562 *Las bizarrías de Belisa*, LOPE DE VEGA.
    Edición de Enrique García Santo-Tomás.
563 *Memorias de un solterón*, EMILIA PARDO BAZÁN.
    Edición de M.ª Ángeles Ayala.
564 *El gesticulador*, RODOLFO USIGLI.
    Edición de Daniel Meyran.
565 *En la luz respirada*, ANTONIO COLINAS.
    Edición de José Enrique Martínez Fernández.
566 *Balún Canán*, ROSARIO CASTELLANOS.
    Edición de Dora Sales.
567 *Capítulos que se le olvidaron a Cervantes*, JUAN MONTALVO.
    Edición de Ángel Esteban.
568 *Diálogos o Coloquios*, PEDRO MEJÍA.
    Edición de Antonio Castro Díaz.
569 *Los premios*, JULIO CORTÁZAR.
    Edición de Javier García Méndez.
570 *Antología de cuentos*, JOSÉ JIMÉNEZ LOZANO.
    Edición de Amparo Medina-Bocos.
571 *Apuntaciones sueltas de Inglaterra*, LEANDRO FERNÁNDEZ DE MORATÍN.
    Edición de Ana Rodríguez Fischer.
572 *Ederra. Cierra bien la puerta*, IGNACIO AMESTOY.
    Edición de Eduardo Pérez-Rasilla.
573 *Entremesistas y entremeses barrocos*.
    Edición de Celsa Carmen García Valdés.
574 *Antología del Género Chico*.
    Edición de Alberto Romero Ferrer.
575 *Antología del cuento español del siglo XVIII*.
    Edición de Marieta Cantos Casenave.
576 *La celosa de sí misma*, TIRSO DE MOLINA.
    Edición de Gregorio Torres Nebrera.

577 *Numancia destruida*, IGNACIO LÓPEZ DE AYALA.
   Edición de Russell P. Shebold.
578 *Cornelia Bororquia o La víctima de la Inquisición*, LUIS GUTIÉRREZ.
   Edición de Gérard Dufour.
579 *Mojigangas dramáticas (siglos XVII y XVIII)*.
   Edición de Catalina Buezo.
580 *La vida difícil*, ANDRÉS CARRANQUE DE RÍOS.
   Edición de Blanca Bravo.
581 *El pisito. Novela de amor e inquilinato*, RAFAEL AZCONA.
   Edición de Juan A. Ríos Carratalá.
582 *En torno al casticismo*, MIGUEL DE UNAMUNO.
   Edición de Jean-Claude Rabaté.
583 *Textos poéticos (1929-2005)*, JOSÉ ANTONIO MUÑOZ ROJAS.
   Edición de Rafael Ballesteros, Julio Neira y Francisco Ruiz Noguera.
584 *Ubú president o Los últimos días de Pompeya. La increíble historia del Dr. Floit & Mr. Pla. Daaalí*, ALBERT BOADELLA.
   Edición de Milagros Sánchez Arnosi.
585 *Arte nuevo de hacer comedias*, LOPE DE VEGA.
   Edición de Enrique García Santo-Tomás.
586 *Anticípolis*, LUIS DE OTEYZA.
   Edición de Beatriz Barrantes Martín.
587 *Cuadros de amor y humor, al fresco*, JOSÉ LUIS ALONSO DE SANTOS.
   Edición de Francisco Gutiérrez Carbajo.
588 *Primera parte de Flores de poetas ilustres de España*, PEDRO ESPINOSA.
   Edición de Inoria Pepe Sarno y José María Reyes Cano.
589 *Arquitecturas de la memoria*, JOAN MARGARIT.
   Edición bilingüe de José Luis Morante.
590 *Cuentos fantásticos en la España del Realismo*.
   Edición de Juan Molina Porras.
591 *Bárbara. Casandra. Celia en los infiernos*, BENITO PÉREZ GALDÓS.
   Edición de Rosa Amor del Olmo.

DE PRÓXIMA APARICIÓN

Cuentos, MANUEL GUTIÉRREZ NÁJERA.
   Edición de José María Martínez.
La Generación de 1936. Antología poética.
   Edición de Francisco Ruiz Soriano.